A MULHER ABANDONADA

seguido de

O CORONEL CHABERT

Livros do autor na Coleção **L&PM** POCKET:

Como fazer a guerra – máximas e pensamentos de Napoleão

A COMÉDIA HUMANA:

Ascensão e queda de César Birotteau
A mulher abandonada seguido de *O coronel Chabert*
A duquesa de Langeais
Esplendores e misérias das cortesãs
Estudos de mulher
Eugénie Grandet
Ferragus
Ilusões perdidas
O lírio do vale
A menina dos olhos de ouro
A mulher de trinta anos
O pai Goriot
A pele de onagro
A vendeta seguido de *A paz conjugal*

BALZAC

A COMÉDIA HUMANA

ESTUDOS DE COSTUMES

CENAS DA VIDA PRIVADA

A MULHER ABANDONADA

Tradução de Rubem Mauro Machado

seguido de

O CORONEL CHABERT

Tradução de Paulo Neves

www.lpm.com.br

L&PM POCKET

Coleção **L&PM** POCKET, vol. 678

Texto de acordo com a nova ortografia
Título do original: *La femme abandonnée* e *Le Colonel Chabert*

Publicado anteriormente com o título de *Coronel Chabert seguido de A mulher abandonada* na Coleção **L&PM** POCKET em fevereiro de 2008
Esta edição na Coleção **L&PM** POCKET: maio de 2023

Capa: Ivan Pinheiro Machado. *Ilustração*: quadro de Rémy Cogghe, *Restitution* (musée municipal, Roubaix)
Tradução: Rubem Mauro Machado (*A mulher abandonada*) e Paulo Neves (*O coronel Chabert*)
Preparação: Patrícia Rocha
Revisão: Elisângela Rosa dos Santos

CIP-Brasil. Catalogação na publicação
Sindicato Nacional dos Editores de Livros, RJ

B158m

Balzac, Honoré de, 1799-1850
A mulher abandonada; seguido de O coronel Chabert / Honoré de Balzac; tradução Rubem Mauro Machado, Paulo Neves.– Porto Alegre [RS]: L&PM, 2023.
128 p. ; 18 cm.

Tradução de: *La femme abandonnée; Le Colonel Chabert*
"A comédia humana. Estudos de costumes. Cenas da vida privada"
ISBN 978-65-5666-310-4

1. Ficção francesa. I. Machado, Rubem Mauro. II. Neves, Paulo. III. Título: O coronel Chabert. IV. Título.

22-78415 CDD: 843
CDU: 82-3(44)

Meri Gleice Rodrigues de Souza - Bibliotecária - CRB-7/6439

Rua Comendador Coruja, 314, loja 9 – Floresta – 90.220-180
Porto Alegre – RS – Brasil / Fone: 51.3225.5777

Pedidos & Depto. Comercial: vendas@lpm.com.br
Fale conosco: info@lpm.com.br
www.lpm.com.br

Impresso no Brasil
Outono de 2023

Sumário

Apresentação

Ivan Pinheiro Machado

A comédia humana

A comédia humana é o título geral que dá unidade à obra máxima de Honoré de Balzac e é composta de 89 romances, novelas e histórias curtas.* Esse enorme painel do século XIX foi ordenado pelo autor em três partes: "Estudos de costumes", "Estudos analíticos" e "Estudos filosóficos". A maior das partes, "Estudos de costumes", com 66 títulos, subdivide-se em seis séries temáticas: *Cenas da vida privada, Cenas da vida provinciana, Cenas da vida parisiense, Cenas da vida política, Cenas da vida militar* e *Cenas da vida rural.*

Trata-se de um monumental conjunto de histórias, considerado de forma unânime uma das mais importantes realizações da literatura mundial em todos os tempos. Cerca de 2,5 mil personagens movimentam-se pelos vários livros de *A comédia humana*, ora como protagonistas, ora como coadjuvantes. Genial observador do seu tempo, Balzac soube como ninguém captar o "espírito" do século XIX. A França, os franceses e a Europa no período entre a Revolução Francesa e a Restauração têm nele um pintor magnífico e preciso. Friedrich Engels, numa carta a Karl Marx, disse: "Aprendi mais em Balzac sobre a sociedade francesa da primeira metade do século, inclusive nos seus pormenores econômicos (por exemplo, a redistribuição da propriedade real e pessoal depois da Revolução), do que em todos os livros dos historiadores, economistas e estatísticos da época, todos juntos".

---

* A ideia de Balzac era que *A comédia humana* tivesse 137 títulos, segundo seu *Catálogo do que conterá A comédia humana*, de 1845. Deixou de fora, de sua autoria, apenas *Les cent contes drolatiques*, vários ensaios e artigos, além de muitas peças ficcionais sob pseudônimo e esboços que não foram concluídos.

Clássicos absolutos da literatura mundial como *Ilusões perdidas, Eugénie Grandet, O lírio do vale, O pai Goriot, Ferragus, Beatriz, A vendeta, Um episódio do terror, A pele de onagro, A mulher de trinta anos, A fisiologia do casamento*, entre tantos outros, combinam-se com dezenas de histórias não tão célebres, mas nem por isso menos deliciosas ou reveladoras. Tido como o inventor do romance moderno, Balzac deu tal dimensão aos seus personagens que já no século XIX mereceu do crítico literário e historiador francês Hippolyte Taine a seguinte observação: "Como William Shakespeare, Balzac é o maior repositório de documentos que possuímos sobre a natureza humana".

Balzac nasceu em Tours, a 20 de maio de 1799, filho de uma família pequeno-burguesa que se emancipara economicamente a partir das oportunidades geradas pela sociedade pós-Revolução Francesa. Com 19 anos, convenceu seus pais a sustentarem-no em Paris na tentativa de tornar-se um grande escritor. Obcecado pela ideia da glória literária e da fortuna, foi para a capital francesa em busca de periódicos e editoras que se dispusessem a publicar suas histórias – num momento em que Paris se preparava para a época de ouro do romance-folhetim, fervilhando em meio à proliferação de jornais e revistas. Consciente da necessidade do aprendizado e da sua própria falta de experiência e técnica, começou publicando sob pseudônimos exóticos, como Lord R'hoone e Horace de Saint-Aubin. Escrevia histórias de aventuras, romances policialescos, açucarados, folhetins baratos, qualquer coisa que lhe desse o sustento. Obstinado com seu futuro, evitava usar o seu verdadeiro nome para dar autoria a obras que considerava (e de fato eram) menores. Em 1829, lançou o primeiro livro a ostentar seu nome na capa – *A Bretanha em 1800* –, um romance histórico em que tentava seguir o estilo de *Sir* Walter Scott (1771-1832), o grande romancista escocês autor de romances históricos clássicos, como *Ivanhoé*. Nesse momento, Balzac sente que começou um grande projeto literário e lança-se fervorosamente na sua execução. Paralelamente à enorme produção que detona a partir de 1830, seus delírios de grandeza levam-no a criar negócios que vão desde gráficas e revistas até minas de prata. Mas fracassa como homem de negócios. Falido e endividado, reage criando obras-primas para pagar seus credores numa destrutiva jornada de trabalho de até dezoito horas diárias. "Durmo às seis da tarde e acordo à meia-noite, às vezes passo 48 horas sem dormir...", queixava-se em cartas aos amigos. Nesse ritmo alucinante, ele produziu alguns de seus livros mais conhecidos e despontou para a fama e para a glória. Em 1833, teve a antevisão do conjunto de sua obra e passou a formar uma grande "sociedade", com famílias, cortesãs, nobres, burgueses, notários, personagens de bom ou mau caráter, vigaristas, camponeses, homens honrados, avarentos, enfim, uma enorme galeria de tipos que se cruzariam e voltariam em várias histórias diferentes sob o título geral de *A comédia humana*. Convicto da importância que representava a ideia de unidade para todos os seus romances, escreveu à sua irmã, comemorando: "Saudai-me, pois estou seriamente na iminência de tornar-me um gênio". Vale ressaltar que, nessa imensa galeria de tipos, Balzac criou um espetacular conjunto de personagens femininos que – como dizem unanimemente seus biógrafos e críticos – tem uma dimensão muito maior do que o conjunto dos seus personagens masculinos.

Aos 47 anos, massacrado pelo trabalho, pela péssima alimentação e pelo tormento das dívidas que não o abandonaram pela vida inteira, ainda que com projetos e esboços para pelo menos mais vinte romances, já não escrevia mais. Consagrado e reconhecido como um grande escritor, havia construído em frenéticos dezoito anos esse monumento com quase uma centena de livros. Morreu em 18 de agosto de 1850, aos 51 anos, pouco depois de ter casado com a condessa polonesa Ève Hanska, o maior amor da sua vida. O grande intelectual Paulo Rónai (1907-1992), escritor, tradutor, crítico e coordenador da publicação de *A comédia humana* no Brasil, nas décadas de 1940 e 1950, escreveu em seu ensaio biográfico "A vida de Balzac": "Acabamos por ter a impressão de haver nele um velho conhecido, quase que um membro da família – e ao mesmo tempo compreendemos cada vez menos seu talento, esta monstruosidade que o diferencia dos outros homens".*

A verdade é que a obra de Balzac sobreviveu ao autor, às suas idiossincrasias e vaidades, aos seus desastres financeiros e amorosos. Sua mente prodigiosa concebeu um mundo muito maior do que os seus contemporâneos alcançavam. E sua obra projetou-se no tempo como um dos momentos mais preciosos da literatura universal. Se Balzac nascesse de novo dois séculos depois, ele veria que o último parágrafo do seu prefácio para *A comédia humana*** (publicado nesta edição), longe de ser um exercício de vaidade, era uma profecia:

> A imensidão de um projeto que abarca a um só tempo a história e a crítica social, a análise de seus males e a discussão de seus princípios autoriza-me, creio, a dar à minha obra o título que ela tem hoje: *A comédia humana*. É ambicioso? É justo? É o que, uma vez terminada a obra, o público decidirá.

---

* RÓNAI, Paulo. "A vida de Balzac". In: BALZAC, Honoré de. *A comédia humana.* Vol. 1. Porto Alegre: Globo, 1940. Rónai coordenou, prefaciou e executou as notas de todos os volumes publicados pela Editora Globo.

** Publicado na íntegra em *Estudos de mulher*, volume 508 da Coleção L&PM POCKET.

Desencontros e incompreensões

A novela curta "O coronel Chabert" e o conto longo "A mulher abandonada" pertencem a *Cenas da vida privada*, uma das subdivisões que compõem o grande conjunto de *A comédia humana*. Pouco conhecidos do público brasileiro, esses textos foram escritos em 1832, ano especialmente prolífico, e mostram Balzac em sua melhor forma. Eufórico com a "descoberta" da *Comédia* (ver apresentação), Balzac produzia quase industrialmente, aproveitando o grande momento criativo e, ao mesmo tempo, tentando reunir o máximo de dinheiro possível para fazer frente às dívidas que já começavam a atormentá-lo.

Encontramos em ambas histórias, escritas no mais clássico estilo balzaquiano, as personagens que "atuarão" em outros livros. "O coronel Chabert" marca a aparição do sr. Derville, advogado oficial da *Comédia*, sempre pronto para defender personagens às voltas com problemas legais, a exemplo dos médicos Bianchon e seu mestre dr. Desplein, que se revezam tratando dos doentes em vários romances. Em "A mulher abandonada", ocorre um fato curioso: a sra. de Beauséant, protagonista do conto, exila-se na Baixa-Normandia, na cidade de Bayeux, justamente para amargar um profundo desgosto amoroso que só será narrado dois anos depois, em *O pai Goriot*, em que são detalhados os motivos da abissal tristeza da marquesa de Beauséant, abandonada pelo ex-amante marquês d'Ajuda-Pinto.

É em meio à distante estação de recolhimento da marquesa que surge o jovem aristocrata parisiense barão Gaston du Neuil, chegado a Bayeux sob recomendações médicas para convalescer de uma grave doença. O ardente e tumultuado romance entre a marquesa e o jovem barão, bem como o surpreendente desfecho do mesmo, são narrados aqui de forma a destacar esse conto como uma pequena obra-prima de *A comédia humana*.

"O coronel Chabert" trata também de desencontros e incompreensões entre homens e mulheres, tema que fascinou este especialista da alma humana que foi Balzac. Ele utilizou o mote, recorrente na literatura mundial, do homem considerado morto que volta para tentar viver sua vida novamente e criou uma novela inesquecível. O coronel Chabert é oficialmente tido como morto na batalha de Eylau, quando o exército de Napoleão Bonaparte esmagou as forças prussianas e russas, em fevereiro de 1807. Reconhecido como herói da França, seus feitos são divulgados através do *Victoires e Conquêtes*, publicação oficial em 34 volumes onde estão consignados todos os grandes feitos militares e os heróis da França mortos em combate. Sua viúva passa a receber um polpudo soldo. No entanto, o coronel é salvo por um casal de camponeses que ouvem seus gemidos quando ele está semienterrado numa cova comum com dezenas de cadáveres. Uma vez salvo, começam os terríveis problemas do coronel Chabert para provar que está vivo, quando tudo e todos estão acomodados e conformados com a sua morte. A começar por sua esposa, ex-cortesã que o coronel transformara em aristocrata e que já casou novamente com o conde Ferraud, com quem tem dois filhos.

Essa circunstância do "morto-vivo" é o mote perfeito para Balzac chegar ao limite do ser humano de sofrer e fazer sofrer. Um dos soldados preferidos de Napoleão passa por todas as humilhações na inútil batalha para provar que não está morto. Sua própria mulher se recusa, por questões materiais, a reconhecê-lo, e assim voltamos ao teorema balzaquiano no qual tudo e todos, paixões e famílias, se constroem e se destroem na insana busca por "ouro e prazer".

I.P.M

A MULHER ABANDONADA

Tradução de RUBEM MAURO MACHADO

À sra. duquesa de Abrantès.
Seu afeiçoado servidor,
Honoré de Balzac

Paris, agosto de 1835

Em 1822, no início da primavera, os médicos de Paris enviaram para a Baixa Normandia um jovem que se recuperava de uma doença inflamatória, causada por algum excesso de estudo ou talvez de vida.

Sua convalescença exigia repouso absoluto, alimentação leve, ar frio e uma total ausência de emoções fortes. Os campos férteis de Bessin e a pálida vida da província pareceram assim propícias a seu restabelecimento.

Ele foi para Bayeux, bonita cidade situada a duas léguas do mar, para a casa de uma prima, que o acolheu com aquela cordialidade típica das pessoas habituadas a viver no isolamento e para as quais a chegada de um parente ou de um amigo se torna uma felicidade.

Com relação a alguns costumes, todas as pequenas cidades se parecem. Ora, depois de várias recepções dadas na casa de sua prima, a sra. de Sainte-Sevère, ou nas casas de pessoas de suas relações, esse jovem parisiense, de nome barão Gaston de Nueil, já conhecera todas as pessoas que essa sociedade exclusivista considerava como sendo toda a cidade. Gaston de Nueil via nelas a gente imutável que os observadores reencontram nas numerosas capitais dos velhos estados que formavam a França de antigamente.

Existia em primeiro lugar a família cuja nobreza, ignorada a cinquenta léguas de distância, é considerada no departamento como incontestável e da mais alta antiguidade. Essa espécie de "família real" em ponto pequeno se ramifica, sem que ninguém duvide disso, pelos Navarreins, os Grandlieu, alcança os Cadignan e se liga aos Blamont-Chauvry*. O chefe dessa raça ilustre é sempre um caçador determinado. Homem sem modos, esmaga a todos com sua superioridade nominal; tolera o subprefeito do mesmo modo que suporta os impostos; não aceita nenhum dos novos poderes criados no século XIX e faz notar, como uma monstruosidade política, que o primeiro-ministro não é um fidalgo. Sua mulher usa um tom cortante, fala alto, teve adoradores, mas observa com constância o

* Navarreins, Grandlieu, Cadignan, Blamont-Chauvry: famílias fictícias, representantes da nobreza na obra balzaquiana. (N.T.)

feriado religioso da Páscoa; educa mal as filhas e acredita que a elas sempre bastará a riqueza do nome. A mulher e o marido, afora isso, não têm a menor ideia do que consiste o luxo atual: conservam os trajes teatrais; aferram-se às modas antigas para as pratarias, os móveis, as viaturas, do mesmo modo que aos costumes e à linguagem. Esse antigo fausto, aliás, combina bastante bem com a economia das províncias. São, em resumo, os fidalgos de outrora, sem os laudêmios, sem as matilhas e os trajes com galões; todos cheios de honras entre eles, todos devotados a príncipes que só veem à distância. Essa linhagem histórica desconhecida conserva a originalidade de uma antiga tapeçaria de fina textura. Na família, vegeta infalivelmente um tio ou um irmão tenente-general, integrante da legião de honra, cortesão que esteve em Hanover com o marechal de Richelieu* e que você lá reencontra como a folha desgarrada de um velho panfleto do tempo de Luís XV.

A essa família fossilizada contrapõe-se uma família mais rica, mas de nobreza menos antiga. O marido e a mulher vão passar dois meses do inverno em Paris, de onde trazem o jeito esquivo e as paixões efêmeras. A senhora é elegante, embora um pouco afetada e sempre em atraso com relação às modas. No entanto, ela ri da ignorância afetada de seus vizinhos; sua prataria é moderna; tem cavalariços, negros, um criado de quarto. O filho mais velho é dono de um tílburi, não faz nada, possui um morgado; o caçula é auditor do Conselho de Estado. O pai, sempre a par das intrigas do ministério, conta anedotas sobre Luís XVIII e sobre a sra. du Cayla**; investe dinheiro a cinco por cento, evita a conversação sobre as cidras, mas às vezes cai na mania de retificar as cifras das fortunas departamentais; é membro do Conselho Geral, veste-se em Paris e porta a cruz da legião de honra. Em resumo, esse fidal-

* Marechal de Richelieu (1696-1788), Armand du Plessis, duque de Richelieu, sobrinho-neto do famoso cardeal de Richelieu. Conhecido pela devassidão, tomou com suas tropas a cidade alemã de Hanover, que saqueou. (N.T.)

** Sra. du Cayla (1784-1850), a condessa Zoé du Cayla, favorita de Luís XVIII, passou os últimos anos de vida no campo, nas terras presenteadas pelo rei. (N.T.)

go entendeu a Restauração e arranja dinheiro na câmara, mas seu realismo é menos autêntico do que o da família com que ele rivaliza. Recebe *La Gazette* e o *Débats*. A outra família lê somente *La Quotidienne**.

O senhor bispo, antigo vigário-geral, flutua entre esses dois poderes que lhe rendem as honras devidas à religião, mas fazendo-lhe sentir por vezes a moral que o bom La Fontaine colocou no fim de *O burro carregado de relíquias***. O bom homem é plebeu.

Depois aparecem os astros secundários, os fidalgos que desfrutam de uma renda de dez ou doze mil libras e que foram capitães de navios ou capitães de cavalaria, ou coisa nenhuma. A cavalo pelos caminhos, eles se situam entre o cura que porta os sacramentos e o fiscal de contribuições em turnê. Quase todos foram pajens*** ou fizeram parte dos mosqueteiros**** e terminam pacificamente seus dias numa fazenda, mais ocupados com o corte de lenha e com sua cidra do que com a monarquia. No entanto, falam da constituição***** e dos liberais entre duas rodadas de *whist* ou durante uma partida de gamão, após terem calculado os dotes e arranjado os casamentos de acordo com as genealogias, que eles sabem de cor. Suas mulheres bancam as orgulhosas e assumem os ares da corte em seus cabriolés de vime; acreditam-se muito bem-arrumadas quando ostentam um xale e um chapéu; compram dois destes por ano, mas após maduras deliberações, e

---

* *La Gazette*, referência à *Gazette de France*, jornal realista moderado; o *Journal des Débats* era órgão da esquerda moderada, de tendência levemente liberal; *La Quotidienne* era uma publicação de extrema direita, defensora da aristocracia e do clero. (N.T.)

** A moral da fábula é a seguinte: "O que se cumprimenta num magistrado ignorante é a toga". (N.T.)

*** Pajens: eram jovens nobres que se colocavam a serviço do rei ou de um grão-senhor, o que era considerado uma grande distinção a que poucos tinham direito. (N.T.)

**** Mosqueteiros: fidalgos que integravam dois esquadrões de cavalaria a serviço do rei nos séculos XVII e XVIII. Foram imortalizados no romance *Os três mosqueteiros*, de Alexandre Dumas, pai (1802-1870). (N.T.)

***** A constituição a que se refere foi outorgada por Luís XVIII em 4 de junho de 1814 e revisada depois da revolução de 1830. (N.T.)

os fazem trazer de Paris para a ocasião; elas são geralmente virtuosas e tagarelas.

Em torno desses elementos principais da gente aristocrática, juntam-se duas ou três solteironas de qualidade que resolveram o problema da imobilização da criatura humana. Elas parecem estar chumbadas nas casas onde podem ser vistas: seus rostos, suas vestimentas são parte do imóvel, da cidade, da província; são a tradição, a memória, o espírito delas. Todas têm qualquer coisa de rígido e de monumental; sabem sorrir e balançar a cabeça em concordância e, de tempos em tempos, dizem frases que passam por espirituosas.

Alguns burgueses ricos conseguiram se infiltrar nesse pequeno bairro de Saint-Germain, graças às suas opiniões aristocráticas ou à sua fortuna. Contudo, a despeito de seus quarenta anos, todos ali dizem deles: "Esse sujeitinho até que pensa direito!". E os elegem deputados. Geralmente, eles são protegidos pelas solteironas, mas falam mal delas.

Por fim, dois ou três eclesiásticos são recebidos nessa sociedade de elite, ou por causa da batina ou porque têm cultura, e também porque essa nobre gente, aborrecendo-se consigo mesma, introduz o elemento burguês em seus salões como um padeiro põe fermento na massa.

O montante de inteligência acumulada em todas essas cabeças compõe-se de uma certa quantidade de ideias antigas, que se mesclam a alguns pensamentos novos, remexidos em comum todas as noites. À semelhança da água de uma pequena enseada, as frases que expressam essas ideias têm seu fluxo e refluxo cotidianos, seu turbilhonar perpétuo, exatamente igual: quem escuta hoje a sua vazia ressonância também a ouvirá amanhã, dentro de um ano, sempre. Suas avaliações, atribuídas imutavelmente às coisas deste mundo, constituem uma ciência tradicional, à qual está fora do poder de qualquer pessoa ajuntar uma gota de inteligência. A vida dessas pessoas rotineiras gravita numa esfera de hábitos tão imutáveis quanto o são suas opiniões religiosas, políticas, morais e literárias.

Se um estranho é admitido nesse cenáculo, todos lhe dirão, não sem uma espécie de ironia:

– Aqui você não encontrará o brilho do seu mundo parisiense!

E cada um condenará o tipo de vida que seus vizinhos levam, procurando fazer crer que é uma exceção nessa sociedade, que tentou sem sucesso renovar. Mas se, por infelicidade, alguém de fora fortalece por meio de alguma observação a opinião que essa gente tem mutuamente de si mesma, logo passará por uma pessoa mesquinha, sem fé nem lei, por um parisiense corrupto, "como são em geral todos os parisienses".

Quando Gaston de Nueil surgiu nesse pequeno mundo, onde a etiqueta era perfeitamente observada, onde cada elemento da vida se harmonizava, onde tudo estava em dia, onde os valores nobiliárquicos e territoriais estavam cotados como os fundos de ações da bolsa na última página dos jornais, ele já havia sido avaliado de antemão nos balanços infalíveis da opinião pública *bayeuse*. Sua prima, a sra. de Sainte-Sevère, já mencionara os cifrões de sua fortuna e os de sua esperança, exibira sua árvore genealógica, gabara-se de suas relações sociais, sua polidez e sua modéstia.

Recebeu a acolhida à qual ele devia rigorosamente pretender, foi aceito como um bom fidalgo, sem cerimônia, uma vez que tinha apenas 23 anos; mas algumas jovens e algumas mães lançaram-lhe olhares doces. Ele possuía dezoito mil libras de renda no vale do Auge, e seu pai, cedo ou tarde, lhe deixaria o castelo de Manerville com todas as suas dependências. Quanto à sua educação, ao seu futuro político, ao seu valor pessoal, aos seus talentos, nada disso interessou. Suas terras eram boas, e suas rendas, garantidas; excelentes plantações ali tinham sido feitas; os reparos e impostos ficavam a cargo dos posseiros; as macieiras tinham 38 anos; por fim, seu pai estava em negociações para comprar duzentos arpentes* de bosques limítrofes a seu parque e que ele pretendia cercar com muros; não havia esperança ministerial, não havia celebridade humana que pudesse lutar contra tais

* Arpente: antiga medida agrária, dividida em cem varas, mas que variava de localidade para localidade. Uma vara equivalia a cinco palmos, ou seja, 1,10 metro. (N.T.)

vantagens. Fosse por malícia ou por cálculo, a sra. de Sainte-Sevère não mencionara o irmão mais velho de Gaston, e Gaston por sua vez não disse uma palavra sobre isso. Mas esse irmão estava tuberculoso e parecia prestes a ser amortalhado, chorado, esquecido.

Gaston de Nueil começava a se divertir com esses personagens; ele desenhou em seu álbum, por assim dizer, os rostos deles na saborosa verdade de suas fisionomias angulosas, recurvadas, enrugadas, na engraçada originalidade de seus costumes e seus tiques; ele se deliciou com os *normandismos* de sua fala, com a rudeza de suas ideias e de seus caracteres. Mas, após haver esposado durante um tempo essa existência semelhante à dos esquilos ocupados em dar voltas dentro de sua jaula, sentiu a ausência de oposições numa vida refreada de antemão, como a dos religiosos no fundo dos claustros, e tombou num crise que não é ainda nem o tédio nem o desgosto, mas que comporta quase todos os efeitos deles. Após os sofrimentos ligeiros de uma transição dessas, opera-se no indivíduo o fenômeno de sua transplantação para um terreno que lhe é adverso, onde ele deve se atrofiar e levar uma vida raquítica. Com efeito, se ninguém o arranca desse mundo, ele acaba por adotar insensivelmente seus usos, adapta-se a seu vazio, que o ganha e o anula. Já os pulmões de Gaston se habituavam a essa atmosfera. Prestes a reconhecer uma espécie de felicidade vegetal nesses dias passados sem cuidados e sem ideias, começava a perder a lembrança desse movimento de seiva, dessa frutificação constante dos espíritos que tão ardentemente havia adotado na esfera parisiense, e estava para se petrificar em meio a essas petrificações, aí permanecer para sempre, como os companheiros de Ulisses, contente de seu gorduroso envoltório*.

Certa noite, Gaston achava-se sentado entre uma velha senhora e um dos vigários-gerais da diocese, num salão revestido de madeira pintada em cinza, ladrilhado com grandes

* Referência ao fato de que os companheiros de Ulisses, ao chegarem à ilha de Ea, são transformados em porcos pela feiticeira Circe, como está narrado por Homero no canto X da *Odisseia*. (N.T.)

mosaicos brancos, decorado com alguns retratos de família, guarnecido com quatro mesas de jogo, em torno das quais dezesseis pessoas tagarelavam enquanto jogavam *whist*. Ali, sem pensar em nada, mas digerindo um desses jantares caprichados, que são o futuro do dia na província, surpreendeu-se a justificar os costumes da região. Compreendia por que essas pessoas continuavam a se servir das cartas da véspera, a jogá-las sobre panos gastos, e como chegavam ao ponto de não mais se vestirem nem para si mesmos nem para os outros. Adivinhava não sei qual filosofia no movimento uniforme dessa vida circular, na calmaria desses hábitos lógicos e na ignorância das coisas elegantes. Enfim, quase compreendia a inutilidade do luxo. A cidade de Paris, com suas paixões, suas tempestades e seus prazeres, não mais habitava seu espírito, a não ser como uma lembrança de infância. E ele admirava de boa-fé as mãos avermelhadas, o ar modesto e lamentoso de uma jovem cujo rosto, à primeira vista, lhe parecera insignificante, as maneiras sem graça, o conjunto repulsivo e a expressão soberanamente ridícula. Isso é no que se convertera. Tendo ido da província a Paris, recairia da existência inflamada de Paris na fria vida provinciana, não fosse uma frase que lhe atingiu o ouvido e lhe despertou de súbito uma emoção semelhante à que lhe teria causado um tema original em meio ao ramerrão de uma ópera aborrecida.

– O senhor não foi ver ontem a sra. de Beauséant*? – perguntou uma senhora idosa ao chefe da casa principesca da região.

– Fui lá esta manhã – respondeu ele. – E a achei tão triste e tão sofrida que não consegui convencê-la a vir jantar conosco amanhã.

– Com a sra. de Champignelles? – exclamou com uma espécie de surpresa a rica viúva.

– Com minha mulher, sim – disse tranquilamente o fidalgo. – A sra. de Beauséant não é da casa de Borgonha?

---

* Sra. de Beauséant: em *O pai Goriot*, ao ser repudiada pelo marido, o aristocrata português d'Ajuda-Pinto, ela oferece uma recepção à alta sociedade parisiense. (N.T.)

Por parte das mulheres, é verdade; mas, enfim, esse nome suplanta tudo. Minha mulher gosta muito da viscondessa, e a pobre senhora está há tanto tempo sozinha que....

Ao proferir essas últimas palavras, o marquês de Champignelles olhou com um ar calmo e frio as pessoas que o escutavam, examinando-as, mas foi quase impossível saber se ele fazia uma concessão à infelicidade ou à nobreza da sra. de Beauséant, se estava envaidecido de a receber ou se queria, pelo orgulho, forçar os fidalgos da região e suas mulheres a recebê-la.

Todas as damas pareceram se consultar, trocando um mesmo olhar; e então, tendo o silêncio mais profundo se instalado no salão, essa atitude delas foi considerada como um sinal de reprovação.

– Por acaso essa sra. de Beauséant é aquela mesma da aventura com o senhor d'Ajuda-Pinto que provocou tanto barulho? – perguntou Gaston à pessoa mais próxima.

– Exatamente, é ela mesma – responderam-lhe. – Ela veio morar em Courcelles depois do casamento do marquês d'Ajuda-Pinto, ninguém aqui a recebe. Ela, além do mais, é inteligente o suficiente para saber que está numa situação difícil, de modo que também não procurou ninguém. O sr. de Champignelles e alguns outros homens se apresentaram na sua casa, mas ela recebeu apenas o sr. de Champignelles, talvez por causa do parentesco deles; eles são ligados por parte dos Beauséant. O marquês de Beauséant pai esposou uma Champignelles, do ramo antigo. Ainda que a viscondessa de Beauséant seja tida como descendente da casa de Borgonha, o senhor vai compreender que não podemos admitir entre nós uma mulher separada do marido. É um desses velhos conceitos a que cometemos a besteira de nos aferrar. A viscondessa errou ainda mais em suas escapadas pelo fato de ser o sr. de Beauséant um cavalheiro distinto, um homem de corte: ele até poderia ter ouvido a voz da razão, mas sua mulher é uma cabeça de vento...

O sr. de Nueil, enquanto ouvia a voz de seu interlocutor, não mais o escutava. Estava absorto em mil fantasias. Existirá outra palavra para exprimir os atrativos de uma aventura no momento em que ela sorri à imaginação, no momento em que a alma concebe vagas esperanças, pressente inexplicáveis felicidades, medos, acontecimentos, sem que nada ainda os alimente ou dê forma aos caprichos dessa miragem? O espírito entra então em espiral, concebe projetos impossíveis e germina as felicidades de uma paixão. Mas talvez o germe da paixão a contenha inteiramente, como um grão contém uma bela flor com os seus perfumes e suas ricas cores. O sr. de Nueil ignorava que a sra. de Beauséant fora se refugiar na Normandia depois de um escândalo que a maior parte das mulheres inveja e condena, sobretudo quando a sedução da juventude e da beleza quase justificam a falta que o provocou. Toda espécie de fama encerra um prestígio inconcebível, não importa qual a sua causa. Parece que para as mulheres, como antigamente para as famílias, a glória de um crime apaga a vergonha que ele acarreta. Do mesmo modo que uma determinada linhagem se orgulha de suas cabeças cortadas, uma bela e jovem mulher se torna ainda mais atraente pela celebridade fatal de um amor feliz ou de uma terrível traição. Quanto mais ela é lamentada, mais simpatias desperta. Somos implacáveis apenas com algumas coisas, com os sentimentos e aventuras vulgares. Ao atrair os olhares, parecemos grandes. De fato, não é preciso nos elevarmos à altura dos outros para sermos vistos? Ora, a multidão experimenta involuntariamente um sentimento de respeito por tudo o que é grandioso, sem se indagar muito sobre as causas dele.

Nesse momento, Gaston de Nueil sentia-se atraído para a sra. de Beauséant pela secreta influência desses motivos, ou talvez pela curiosidade, pela necessidade de despertar um novo interesse em sua atual vida, enfim, por essa porção de motivos que são impossíveis de explicar e que a palavra *fatalidade* serve com frequência para definir.

A viscondessa de Beauséant de repente surgia diante de si, acompanhada de múltiplas imagens graciosas: ela representava um mundo novo; perto dela, sem dúvida, ele teria que temer, que esperar, que combater, que vencer. Ela deveria contrastar muito com as pessoas que Gaston via nesse salão mesquinho; era uma mulher, em suma, e ele ainda não encontrara uma mulher nesse mundo frio onde os cálculos tomavam o lugar dos sentimentos, onde a polidez não era mais do que deveres e onde até as ideias mais simples tinham alguma coisa de excessivamente chocante para serem aceitas ou emitidas. A sra. de Beauséant acordava na sua alma a lembrança de seus sonhos de moço e seus mais vivos sentimentos, por um momento adormecidos.

Gaston de Nueil permaneceu distraído o resto da noite. Pensava nos meios de ser apresentado na casa da sra. de Beauséant, e eles com certeza não existiam. Ela era considerada uma pessoa muito refinada. Mas se as pessoas de espírito podem se deixar seduzir pelas coisas finas ou originais, também são exigentes, sabem tudo adivinhar; com relação a elas há, portanto, tantas possibilidades de fracassar quanto de obter êxito na difícil tarefa de lhes agradar. Além disso, a viscondessa devia adicionar ao orgulho de sua situação a dignidade que seu nome impunha. A solidão profunda em que vivia parecia ser a menor das barreiras erguidas entre ela e o mundo. Era assim quase impossível a um desconhecido, por melhor que fosse a família a que pertencia, se fazer admitido em sua casa.

No entanto, na manhã do dia seguinte, o sr. de Nueil dirigiu sua caminhada para o pavilhão de Courcelles e várias vezes fez a volta em torno do cercado que o rodeava. Ludibriado pelas ilusões nas quais é tão natural se acreditar na sua idade, olhava através das fendas ou por cima dos muros, demorava-se em contemplação diante das persianas cerradas ou esquadrinhava as que estavam abertas. Esperava por um acaso romanesco, imaginava seus efeitos, sem se aperceber de sua impossibilidade para se apresentar à desconhecida.

Durante várias manhãs, caminhou por lá sem qualquer resultado; mas, a cada passeio, essa mulher situada fora do mundo, vítima do amor, amortalhada na solidão, crescia no seu pensamento e se instalava em sua alma. De modo que o coração de Gaston batia de esperança e de alegria se por acaso, caminhando ao longo dos muros de Courcelles, acontecia de ouvir os passos vagarosos de um jardineiro.

Pensou muito em escrever à sra. de Beauséant. Mas o que dizer a uma mulher que nunca vimos e que não conhecemos? Além disso, Gaston duvidava de si mesmo, já que, como acontece com os jovens ainda cheios de ilusões, temia mais do que a morte o terrível desdém do silêncio e se arrepiava pensando nas grandes possibilidades que havia de ter sua primeira prosa amorosa jogada ao fogo. Ele era presa de mil ideias opostas que lutavam entre si. Mas, por fim, a força de dar vida às suas quimeras, de inventar romances e de quebrar a cabeça, achou um desses felizes estratagemas que acabam por ser encontrados em meio ao grande número dos que foram sonhados e que revelam até à mulher mais inocente a dimensão da paixão com que um homem se ocupa dela. Com frequência, as singularidades sociais criam tantos obstáculos reais entre uma mulher e o homem que a ama quanto aqueles que os poetas orientais puseram nas deliciosas ficções de seus contos; e suas imagens mais incríveis raramente são exageradas. Assim, tanto no mundo real quanto no mundo das fadas, a mulher deve sempre pertencer àquele que sabe chegar até ela e libertá-la da situação em que definha. O mais pobre dos mendigos, ao apaixonar-se pela filha de um califa, não estava, com certeza, separado por uma distância maior do que aquela em que Gaston e a sra. de Beauséant se encontravam. A viscondessa vivia numa ignorância total das órbitas traçadas em torno dela pelo sr. de Nueil, cujo amor aumentava com a grandeza dos obstáculos a transpor, que davam à sua amante improvisada os atrativos que possuem todas as coisas distantes.

Um dia, confiando em sua inspiração, ele apostou tudo no amor que devia jorrar de seus olhos. Por acreditar ser a palavra mais eloquente do que a mais apaixonada das cartas, e também jogando com a curiosidade própria da mulher, foi à casa do sr. de Champignelles com o objetivo de usá-lo para atingir seus propósitos. Disse a esse cavalheiro que fora encarregado de uma missão importante relacionada à sra. de Beauséant; contudo, sem saber se ela lia cartas com letra desconhecida ou se confiava em estranhos, vinha rogar-lhe que, por ocasião de sua próxima visita, pedisse à viscondessa que se dignasse a recebê-lo. Convidando o marquês a guardar segredo em caso de recusa, ele o convenceu com grande habilidade a não ocultar à sra. de Beauséant os motivos que justificariam a sua admissão na casa dela. Não era ele homem honrado e leal, incapaz de se prestar a qualquer coisa de mau gosto ou mesmo mal-intencionada?

O altivo fidalgo, cujas pequenas vaidades haviam sido lisonjeadas, foi inteiramente ludibriado por essa diplomacia do amor, que empresta a um jovem o atrevimento e a alta dissimulação digna de um velho embaixador. Ele bem que tentou desvendar os segredos de Gaston; mas este, impossibilitado de lhe dizer qualquer coisa, deu respostas ambíguas às argutas perguntas do sr. de Champignelles, que, como cavalheiro francês, o cumprimentou por sua discrição.

Sem perda de tempo, o marquês correu a Courcelles, com a pressa que as pessoas de uma certa idade usam ao prestar serviço às belas mulheres. Na situação em que se encontrava a viscondessa de Beauséant, uma mensagem desse tipo era de natureza a lhe deixar intrigada. Portanto, ainda que não encontrasse, ao consultar suas lembranças, qualquer motivo que pudesse ter o sr. de Nueil para ir à sua casa, não viu qualquer inconveniente em recebê-lo, após, no entanto, ter prudentemente inquirido sobre sua posição na sociedade. Contudo, começara com uma recusa; discutira depois com o sr. de Champignelles sobre a conveniência disso, interrogando-o, para tentar adivinhar se ele sabia o motivo da visita; depois tornara a recusar. A discussão, a discrição forçada do marquês, tinham aguçado sua curiosidade.

O sr. de Champignelles, não querendo parecer ridículo, esperava, na qualidade de homem instruído mas discreto, que a viscondessa conhecesse perfeitamente bem o objetivo dessa visita, ainda que ela o procurasse de boa-fé sem o encontrar. A sra. de Beauséant estabeleceu ligações entre Gaston e pessoas que ele não conhecia, perdeu-se em suposições absurdas e perguntou a si mesma se alguma vez teria visto o sr. de Nueil. A carta de amor mais verdadeira ou mais hábil não teria, com certeza, produzido tanto efeito quanto essa espécie de enigma sem palavras de que a sra. de Beauséant se ocupou várias vezes.

Quando Gaston soube que poderia visitar a viscondessa, foi tomado ao mesmo tempo pelo encanto de conseguir com tanta presteza uma felicidade ardentemente desejada e pelo singular embaraço de encontrar uma saída para o seu estratagema.

– Ah, vê-la – repetia, enquanto se vestia. – É tudo!

Depois, ao transpor a porta de Courcelles, esperava encontrar um meio de desatar o nó górdio que ele mesmo havia preparado. Gaston era um desses que, acreditando na onipotência da necessidade, vão sempre em frente e que, no último momento, ao se defrontarem com o perigo, nele se inspiram e encontram forças para vencê-lo. Pôs um cuidado especial em se vestir. Como todos os jovens, imaginava que de uma fivela bem ou mal colocada dependia seu sucesso, ignorando que na mocidade tudo é encantador e atraente. Sem falar que mulheres refinadas, como parecia ser a sra. de Beauséant, não se deixam seduzir a não ser pelas graças do espírito e pela superioridade de caráter. Um grande caráter lisonjeia sua vaidade, promete-lhes uma grande paixão e deixa antever a aceitação de todas as exigências de seu coração. O espírito as diverte, responde às delicadezas de sua natureza e elas se sentem compreendidas. Ora, o que querem todas as mulheres, senão serem entretidas, compreendidas ou adoradas? Mas é necessário refletir muito bem sobre as coisas da vida para adivinhar a consumada vaidade que comportam a negligência no vestir e a reserva de espírito num primeiro encontro. Ao mesmo tempo em que Gaston desconfiava suficientemente de seu espírito a ponto de emprestar seduções à sua roupa, a sra. de Beauséant punha instintivamente cuidado em sua toalete e se dizia ao ajeitar o cabelo:

– Não quero, apesar de tudo, ter um aspecto de meter medo.

O sr. de Nueil apresentava em seu espírito, em sua pessoa e em suas maneiras essa atitude ingenuamente original que dá uma espécie de tempero aos gestos e às ideias comuns, que permite tudo dizer e tudo fazer. Era instruído, arguto, dono de uma fisionomia móvel e feliz como sua alma impressionável. Em seus olhos vivos havia paixão e ternura; e seu coração, essencialmente bom, não as desmentia. A resolução que tomou ao entrar em Courcelles estava, portanto, em harmonia com a natureza de seu caráter franco e de sua imaginação ardente. Apesar da intrepidez do amor, não conseguiu defender-se de uma violenta palpitação quando, após ter atravessado um grande pátio convertido num jardim inglês, chegou a uma sala, onde um criado de quarto, depois de lhe perguntar o nome, desapareceu e reapareceu para o introduzir.

– O sr. Barão de Nueil.

Gaston entrou lentamente, mas com desembaraço, o que é ainda mais difícil quando no salão existe apenas uma mulher em lugar de vinte. A um canto da lareira, onde, apesar da estação, ardia um grande fogo e sobre a qual dois candelabros acesos lançavam luzes débeis, percebeu uma moça sentada numa dessas modernas poltronas de espaldar alto, cujo assento baixo permitia-lhe que desse à cabeça poses cheias de graça e elegância, possibilitava lhe que a inclinasse, a pendesse, a erguesse languidamente, como se constituísse um fardo pesado; e depois dobrar os pés, os exibir e fazê-los sumir sob as longas dobras de um vestido negro.

A viscondessa quis pousar sobre uma pequena mesa redonda o livro que lia, mas tendo voltado a cabeça para o sr. de Nueil ao mesmo tempo, o livro, mal colocado, caiu no espaço que separava a mesa da poltrona. Sem parecer surpresa com esse acidente, ela alteou-se e inclinou-se para responder ao cumprimento do jovem, mas de um modo imperceptível e quase sem se levantar de seu assento, em que seu corpo continuou mergulhado. Curvou-se esticando o corpo, avivou o fogo; depois abaixou-se e pegou uma luva, que calçou com negligência na mão esquerda, enquanto procurava a outra com um olhar prontamente reprimido: com a mão direita, mão branca, quase transparente, sem anéis, delicada, de dedos afilados, cujas unhas rosadas formavam um oval perfeito, apontou uma cadeira, como para dizer a Gaston que se sentasse.

Quando o visitante desconhecido sentou, ela voltou para ele a cabeça num movimento interrogativo e sedutor, cuja fineza é impossível de descrever; ele fazia parte dessas intenções acolhedoras, desses gestos graciosos, ainda que precisos, proporcionados pela primeira educação e pelo hábito constante das coisas de bom gosto.

Esses movimentos múltiplos se sucederam rapidamente, em coisa de um instante, sem hesitações ou brusquidão, e encantaram Gaston por essa mescla de cuidado e abandono que uma bela mulher acresce às maneiras aristocráticas da alta sociedade. A sra. de Beauséant contrastava vivamente demais com os autômatos entre os quais ele vivia após dois meses de exílio nos confins da Normandia para que ela não personificasse a poesia de seus sonhos; do mesmo modo, não podia comparar suas perfeições com nenhuma daquelas a quem admirara no passado. Diante dessa mulher e nesse salão mobiliado como um salão do bairro de Saint-Germain, repleto dessas ninharias tão ricas que se amontoam sobre as mesas, observando os livros e as flores, ele se reencontrou em Paris. Pisava um verdadeiro tapete de Paris, revia o tipo distinto, as formas frágeis da parisiense, sua graça requintada e sua indiferença às maneiras afetadas que prejudicam tanto as damas da província.

A sra. viscondessa de Beauséant era loira, branca como todas as loiras, e tinha olhos castanhos. Exibia com nobreza o rosto, um rosto de anjo caído que se orgulha de seu pecado e não está à procura de perdão. Seus cabelos, abundantes e trançados no alto de dois bandôs que descreviam sobre a fronte curvas largas, ajuntavam mais majestade a essa cabeça. A imaginação reencontrava, nas espirais dessa cabeleira dourada, a coroa ducal de Borgonha e, nos olhos brilhantes dessa grande dama, toda a coragem de sua estirpe; a coragem de uma mulher forte somente para repelir o desprezo ou a audácia, mas cheia de ternura para os sentimentos doces. O contorno de sua pequena cabeça, admiravelmente pousada sobre um longo pescoço branco; os finos traços de seu rosto, os lábios delicados e a fisionomia móvel guardavam uma expressão de prudência, um laivo de ironia afetada que se parecia com a astúcia e a impertinência.

Era difícil não lhe perdoar esses dois pecados femininos ao se pensar em suas desgraças, na paixão que quase lhe custara a vida, atestadas pelas rugas que, ao menor movimento, sulcavam seu rosto e pela dolorosa eloquência de seus belos olhos voltados para o alto. Não constituía um espetáculo imponente, e ainda engrandecido pelo pensamento, ver num imenso salão silencioso essa mulher que estava totalmente separada da sociedade e que, passados três anos, vivia no fundo de um pequeno vale, longe da cidade, sozinha com suas recordações de uma juventude brilhante, feliz, apaixonada, repleta outrora de festas, de homenagens constantes, mas entregue agora aos horrores do nada?

O sorriso dessa mulher anunciava uma alta consciência de seu valor. Não sendo nem mãe nem esposa, repelida pela sociedade, privada do único coração que poderia fazer bater o seu sem nenhuma vergonha, sem tirar de qualquer sentimento os socorros necessários à sua alma cambaleante, ela precisava encontrar forças em si mesma, viver de sua própria vida e não ter outra esperança que não a da mulher abandonada: esperar a morte, apressar sua lentidão, apesar dos belos dias que ainda lhe restavam. Sentir-se destinada à felicidade e perecer sem a receber, sem a proporcionar?... Uma mulher! Quanta dor!

O sr. de Nueil fez essas considerações com a rapidez do relâmpago e descobriu-se com muita vergonha do personagem que representava em presença da maior das poesias com que uma mulher pudesse estar envolta. Seduzido pelo triplo impacto da beleza, da infelicidade e da nobreza, permaneceu quase boquiaberto, pensativo, admirando a viscondessa, mas sem achar nada para lhe dizer.

A sra. de Beauséant, a quem essa surpresa de jeito nenhum desagradou, estendeu-lhe a mão com um gesto doce, mas imperativo; depois, chamando um sorriso aos lábios pálidos, como para ainda obedecer à graciosidade de seu sexo, disse-lhe:

– O sr. de Champignelles me alertou, meu senhor, da mensagem para mim de que tão gentilmente se encarregou. Seria ela de parte de....

Ao ouvir essa frase terrível, Gaston compreendeu ainda mais o ridículo de sua situação, o mau gosto, a deslealdade de seu procedimento em relação a uma mulher tão nobre e tão infeliz. Enrubesceu. Seu olhar, sob a força de mil pensamentos, perturbou-se; porém, de súbito, com essa força que os jovens corações sabem extrair da consciência de seus erros, ele se acalmou; em seguida, interrompendo a sra. de Beauséant, não sem antes fazer um gesto pleno de submissão, respondeu-lhe com voz emocionada:

– Minha senhora, eu não mereço a felicidade de vê-la; eu a enganei de maneira indigna. O sentimento a que obedeci, por maior que pudesse ser, não seria capaz de fazer desculpar o infeliz subterfúgio de que me vali para chegar até a sua presença. Mas, senhora, se tiver a bondade de me permitir lhe explicar que...

A viscondessa lançou sobre o sr. de Nueil um olhar cheio de altivez e desprezo, levantou a mão, pegou o cordão da sineta e a tocou: o criado de quarto apareceu, e ela lhe disse, olhando o rapaz com dignidade:

– Jacques, leve esse senhor.

Levantou-se com altivez, cumprimentou Gaston e se abaixou para pegar o livro caído. Seus movimentos eram tão secos e tão frios quanto tinham sido elegantes e graciosos aqueles com que o havia acolhido. O sr. de Nueil levantou-se, mas não se moveu. A sra. de Beauséant lançou-lhe um novo olhar, como para lhe dizer: "Como é, não vai sair?".

Esse olhar estava perpassado de um escárnio tão penetrante que Gaston empalideceu como um homem à beira do desmaio. Algumas lágrimas lhe chegaram aos olhos, mas ele as reteve, as secou com o fogo da vergonha e do desespero, olhou a sra. de Beauséant com uma espécie de orgulho que exprimia ao mesmo tempo resignação e alguma consciência de seu valor: a viscondessa tinha todo o direito de puni-lo, mas deveria ela fazer isso? Depois saiu.

Ao atravessar a antecâmara, a perspicácia de seu espírito e a inteligência aguçada pela paixão lhe fizeram compreender todo o perigo de sua situação.

– Se sair desta casa – disse a si mesmo –, nunca mais poderei voltar aqui. Serei para sempre um idiota aos olhos da viscondessa. É impossível para uma mulher, e ela é uma, não adivinhar o amor que inspira; talvez esteja sentindo um remorso vago e involuntário por ter me mandado embora de maneira tão brusca, mas ela não deve nem pode revogar seu decreto; cabe a mim compreendê-la.

Ante esse pensamento, Gaston deteve-se no portal, deixou escapar uma exclamação, voltou-se vivamente e disse:

– Ah, esqueci lá uma coisa!

Voltou ao salão acompanhado pelo criado que, cheio de respeito por um barão e pelos direitos sagrados da propriedade, foi completamente iludido pelo tom sincero com que a frase fora dita. Gaston entrou suavemente, sem ser anunciado. Quando a viscondessa, pensando talvez que o intruso era seu criado, levantou a cabeça, deu de cara com o sr. de Nueil.

– Jacques me levou – ele disse, sorrindo. Seu sorriso, cheio de uma graça meio triste, tirava da declaração tudo o que ela tinha de engraçado; e o tom em que foi dita devia tocar a alma.

A sra. de Beauséant ficou desarmada.

– Está bem, sente-se – ela disse.

Gaston apoderou-se da cadeira com um movimento ávido. Seus olhos, animados de felicidade, emitiram um brilho tão vivo que a viscondessa não pôde sustentar esse olhar jovem, baixou os olhos na direção de seu livro e saboreou o prazer sempre novo de constituir o princípio da felicidade para um homem, sentimento imperecível na mulher. Além disso, a sra. de Beauséant havia sido adivinhada. A mulher fica sempre muito grata por encontrar um homem que entenda os caprichos tão lógicos de seu coração, que compreenda as atitudes aparentemente contraditórias de seu espírito, os fugitivos pudores de suas sensações ora tímidas, ora ousadas, espantosa mistura de sedução e ingenuidade!

– A senhora – exclamou docemente Gaston – conhece meu erro, mas ignora meus crimes. Se soubesse que felicidade eu...

– Ah, tenha cuidado – ela disse, erguendo um dos dedos com ar misterioso à altura do nariz, que roçou; a seguir, com a outra mão, fez um gesto de quem iria pegar o cordão da sineta.

Esse bonito movimento, essa graciosa ameaça provocaram, sem dúvida, um pensamento triste, uma lembrança de seus tempos felizes, da época em que ela podia ser toda charme e gentileza, em que a felicidade justificava os caprichos de seu espírito, além de dar um atrativo a mais aos menores movimentos de sua pessoa. Ela juntou as rugas da testa entre as duas sobrancelhas; seu rosto, tão suavemente iluminado pelas velas, assumiu uma expressão sombria; olhou o sr. de Nueil com uma gravidade despida de frieza e disse-lhe, como uma mulher profundamente convicta do sentido de suas palavras:

– Tudo isso é totalmente ridículo! Houve uma época, senhor, em que eu tinha o direito de ser desenfreadamente alegre, em que eu poderia rir junto com o senhor e lhe receber sem medo; mas, hoje, minha vida mudou muito, não sou mais a dona de minhas ações e me sinto obrigada a refletir sobre isso. A que sentimento devo a sua visita? À curiosidade? Pago, nesse caso, bem caro por um frágil instante de felicidade. Amaria o senhor já *apaixonadamente* uma mulher infalivelmente caluniada e que o senhor nunca vira antes? Seus sentimentos seriam, então, baseados no menosprezo, num erro que o acaso tornou célebre.

Jogou o livro sobre a mesa com despeito.

– Então é assim – continuou, depois de lançar um olhar terrível para Gaston –, só porque fui fraca, o mundo quer que eu o seja sempre? Isso é uma coisa terrível, degradante. O senhor veio à minha casa para me agradar? O senhor é muito jovem para simpatizar com as penas do coração. Saiba bem, meu senhor, prefiro o desprezo à piedade; não quero ser o objeto da compaixão de ninguém.

Houve um momento de silêncio.

– Muito bem, como vê, meu senhor – prosseguiu ela, erguendo a cabeça para ele com uma expressão triste e suave –, qualquer que seja o sentimento que o levou a se lançar imprudentemente em meu retiro, o senhor me fere. O senhor é jovem demais para ser completamente destituído de bondade, de modo que sentirá a inconveniência de sua atitude; eu o perdoo e lhe digo isso sem amargura. Não tornará a voltar aqui, não é mesmo? Eu lhe peço isso, quando poderia exigir. Se me fizer uma nova visita, não estará nem em seu poder nem no meu impedir toda a cidade de acreditar que se tornou meu amante, e assim acrescentaria a meus desgostos mais um, e dos maiores. Não é isso que deseja, penso eu.

Calou-se, olhando-o com uma dignidade verdadeira que o deixou confuso.

– Errei, minha senhora – respondeu ele em um tom sério –, mas o ardor, a irreflexão, um vivo desejo de felicidade são na minha idade defeitos e qualidades. Agora compreendo que não podia ter procurado visitá-la; e no entanto meu desejo era muito natural...

Tratou de contar-lhe, com mais sentimento do que lucidez, os sofrimentos aos quais o havia condenado seu exílio necessário. Descreveu o estado de espírito de um jovem cujos fogos brilhavam sem combustível, fazendo pensar que era digno de ser amado com ternura; e não obstante nunca conhecera as delícias de um amor inspirado por uma jovem mulher, bonita, cheia de gosto, de delicadeza. Explicou sua falta de conveniência sem querer justificá-la. Lisonjeou a sra. de Beauséant, provando-lhe que ela constituía para ele o tipo da amada procurada incessantemente, mas em vão, pela maior parte dos rapazes.

Depois, ao falar de seus passeios matinais em redor de Courcelles e das ideias desordenadas que o invadiam à vista do pavilhão onde ele afinal tinha conseguido penetrar, excitou essa indulgência indefinível que a mulher encontra em seu coração para as loucuras que inspira. Ele fez ressoar nessa fria solidão uma voz apaixonada, a qual trazia as quentes inspirações da juventude e os encantos do espírito que revelam uma educação cuidada. A sra. de Beauséant estava privada há demasiado tempo das emoções que proporcionam os sentimentos verdadeiros finamente exprimidos para não lhes sentir vivamente as delícias. Ela não pôde se impedir de admirar o rosto expressivo do sr. de Nueil e de admirar nele essa bela confiança da alma que não foi ainda nem dilacerada pelos cruéis ensinamentos da vida mundana nem devorada pelos cálculos perpétuos da ambição ou da vaidade. Gaston era um rapaz na flor da idade e mostrava-se como um homem de caráter que ainda desconhece seus altos destinos.

Desse modo, cada um deles fazia, sem que o outro se desse conta, as reflexões mais perigosas para a tranquilidade de ambos e tratavam de as esconder de si mesmos. O sr. de Nueil reconhecia na viscondessa uma dessas mulheres raras, sempre vítimas de sua própria perfeição e de sua inextinguível ternura, cuja graciosa beleza é o menor dos encantos depois que elas tenham permitido por uma vez o acesso à sua alma, na qual os sentimentos são infinitos, onde tudo é bom, onde o instinto do belo se junta às expressões mais variadas do amor para purificar as volúpias e torná-las quase santas: segredo admirável das mulheres, presente requintado raramente concedido pela natureza.

De sua parte, a viscondessa, ao ouvir o tom sincero com o qual Gaston lhe falava dos infortúnios de sua juventude, adivinhava os sofrimentos impostos pela timidez às crianças grandes de 25 anos, quando o estudo as isentou da corrupção e do contato com aquelas pessoas da sociedade nas quais a experiência racional corrói as belas qualidades da mocidade. Encontrava nele o sonho de todas as mulheres, um homem no qual não existia ainda esse egoísmo de família e de fortuna nem esse sentimento pessoal que acaba por matar, em seu primeiro ímpeto, o devotamento, a honra, a abnegação, a estima por si mesmo, flores da alma tão cedo fenecidas que de início enriquecem a vida com delicadas emoções, ainda que fortes, e revivem no homem a probidade de sentimentos.

Uma vez arremessados nos vastos espaços do sentimento, ambos foram longe na teoria, sondaram um e outro a profundeza de suas almas, informaram-se da verdade de suas afirmações. Esse exame, involuntário em Gaston, era premeditado na sra. de Beauséant. Usando de sua finura, natural ou adquirida, ela exprimia, sem prejudicar a si mesma, opiniões contrárias às suas para melhor conhecer as do sr. de Nueil. Foi tão arguta, tão graciosa, tão ela própria com um rapaz que não despertava sua desconfiança, por acreditar que não mais o veria, que Gaston exclamou ingenuamente a um dito delicioso dela:

– Ah, minha senhora, como um homem foi capaz de abandoná-la?

A viscondessa emudeceu. Gaston corou, pensou que a havia ofendido. Mas essa mulher fora surpreendida pelo primeiro prazer profundo e verdadeiro que experimentava desde a ocasião de seu infortúnio. O libertino mais hábil não teria feito, com a força de sua esperteza, mais progresso do que o conseguido pelo sr. de Nueil com esse grito vindo do coração. Tal avaliação, arrancada à candura de um jovem, a tornava inocente a seus próprios olhos, condenava a sociedade, acusava os que a haviam abandonado e justificava a solidão em que ela viera definhar. A absolvição mundana, as simpatias tocantes, a estima social, tão desejadas e tão cruelmente recusadas, em suma, seus mais secretos desejos, eram satisfeitos por essa exclamação que tornava mais belas as doces lisonjas do coração e a admiração sempre avidamente saboreada pelas mulheres. Ela era afinal ouvida e compreendida, o sr. de Nueil lhe dava com toda a naturalidade a oportunidade de se erguer de sua queda. Ela olhou o relógio.

– Ah, minha senhora – exclamou Gaston –, não me puna pela sandice que cometi. Se não vai me conceder mais do que uma noite, digne-se pelo menos a não abreviá-la.

Ela sorriu do galanteio.

– Já que não devemos mais nos ver – ela disse –, o que importa um momento a mais ou a menos? Se eu lhe agradasse, isso seria uma infelicidade.

– Uma infelicidade que já aconteceu – respondeu ele

com tristeza.

– Não me diga isso – ela replicou, muito séria. – Em qualquer outra situação eu o receberia com prazer. Vou lhe falar sem rodeios, o senhor compreenderá por que não quero e por que não devo voltar a vê-lo. Acredito que tenha uma alma grande demais para não sentir que, se simplesmente desconfiassem de um segundo erro de minha parte, eu me tornaria para todos uma mulher desprezível e vulgar, me tornaria igual às outras mulheres. Uma vida pura e sem mancha vai destacar o meu caráter. Sou demasiadamente orgulhosa para não tentar viver em meio à sociedade como uma pessoa à parte, vítima dos homens por causa do meu amor. Se não permanecer fiel à minha posição, merecerei toda a culpa que me oprime e perderei a auto-estima. Não fui capaz de ter a elevada virtude social de pertencer a um homem a quem não amava. Rompi, apesar das leis, os laços do matrimônio; foi um erro, um crime, tudo o que o senhor quiser. Mas para mim aquela situação equivalia à morte. Desejei viver. Se eu fosse mãe, talvez tivesse encontrado forças para suportar os suplícios de um casamento imposto pelas conveniências. Aos dezoito anos, nós, pobres moças, não sabemos o que nos mandam fazer. Violei as leis da sociedade, a sociedade me puniu; fomos justas uma com a outra. Busquei a felicidade. Não é uma lei de nossa natureza ser feliz? Eu era jovem, era bela.... Acreditei ter encontrado uma pessoa que me amava tanto que parecia apaixonada. Fui amada durante um tempo!

Fez uma pausa.

– Pensava – continuou – que um homem jamais abandonaria uma mulher na situação em que eu me achava. Fui deixada, devo ter desagradado. Sim, violei sem dúvida alguma lei da natureza: devo ter sido demasiadamente amorosa, devotada ou exigente, não sei. O infortúnio me iluminou. Após haver sido durante muito tempo a acusadora, resignei-me a ser a única criminosa. Prejudicando-me, absolvi aquele de quem acreditava poder me queixar. Não fui hábil o suficiente para conservá-lo: o destino me puniu fortemente por minha falta de jeito. Não sei senão amar: como alguém pode pensar em si quando ama? Tornei-me assim a escrava, quando deveria ter sido o tirano. Os que me conhecerem poderão me condenar, mas também me estimarão. Meus sofrimentos me ensinaram a não mais me entregar ao abandono. Não sei como ainda estou viva, após suportar as dores dos oito primeiros dias que se seguiram à crise, a mais assustadora na vida de uma mulher. É preciso ter vivido três anos na solidão para adquirir a força para falar como faço neste momento sobre aquela dor. A agonia em geral termina com a morte; muito bem, senhor, esta é uma agonia sem o desenlace do túmulo. Ah, sofri muito!

A viscondessa ergueu os belos olhos para a cornija, a quem sem dúvida ela confiava tudo o que não devia ser ouvido por um desconhecido. Uma cornija é com certeza a mais doce, mais submissa, mais complacente confidente que as mulheres podem encontrar nas ocasiões em que não ousam olhar seu interlocutor. A cornija de um quarto de dormir é uma instituição. Não é ela um confessionário sem o padre? Nesse momento, a sra. de Beauséant era eloquente e bela; até se poderia dizer coquete, se esse termo não fosse demasiado forte. Ao se fazer justiça, ao colocar entre ela e o amor as mais altas barreiras, excitava todos os sentimentos do homem. E quanto mais alto elevava o alvo, mais ela o expunha aos olhares. Por fim, baixou os olhos na direção de Gaston, após fazê-los perder a expressão mais fascinante que a lembrança de suas penas lhes havia comunicado.

– Confessa que devo permanecer fria e solitária? – acrescentou num tom calmo.

O sr. de Nueil sentiu um violento impulso de tombar aos pés daquela mulher, naquele momento sublime de razão e de loucura, mas temeu parecer ridículo. Reprimiu então sua exaltação e seus pensamentos; experimentava a um só tempo o temor de não conseguir bem expressá-los e o medo de alguma terrível recusa ou de um escárnio cuja expectativa é capaz de gelar até as almas mais ardentes. A reação dos sentimentos que recalcava no momento em que afluíam a seu coração lhe causou essa dor profunda que as pessoas tímidas e ambiciosas conhecem, forçadas com frequência a engolirem seus desejos. Mesmo assim, não pôde se impedir de romper o silêncio para dizer com voz trêmula:

– Permita-me, minha senhora, de me entregar a uma das maiores emoções de minha vida, que confesso me fez experimentar. A senhora me engrandece o coração! Sinto em mim o desejo de dedicar minha vida a lhe fazer esquecer seus desgostos, a amá-la por todos os que a odiaram e feriram. Mas esta é uma efusão de coração repentina, que nada hoje justifica e que eu deveria...

– Chega, senhor – disse a sra. de Beauséant. – Fomos longe demais, um e outro. Desejei despir de toda dureza a recusa que me impôs, explicando-lhe meus tristes motivos, e não atrair homenagens a mim. A vaidade só fica bem nas mulheres felizes. Acredite-me, devemos permanecer estranhos um ao outro. Mais tarde, entenderá que não se deve de jeito nenhum estabelecer laços que um dia necessariamente devem se romper.

Ela suspirou de leve, e sua testa se enrugou para logo recuperar a pureza de sua forma.

– Que sofrimento para uma mulher – continuou ela – é não poder acompanhar o homem que ela ama em todas as fases de sua vida! Além do mais, esse profundo desgosto não repercutirá horrivelmente no coração desse homem, se ela for amada por ele? Não é essa uma infelicidade dupla?

Houve um momento de silêncio, após o qual ela disse, sorrindo, ao se levantar para fazer com que seu hóspede se fosse:

– O senhor não tinha dúvidas de que ouviria um sermão vindo a Courcelles.

Gaston se achava nesse momento mais distante daquela mulher extraordinária do que no momento em que a havia abordado. Atribuindo o encanto desse momento delicioso ao jogo de sedução de uma dona de casa empenhada em exibir seu espírito, saudou friamente a viscondessa e saiu desesperado.

No caminho, o barão procurava surpreender o verdadeiro caráter dessa criatura flexível e dura como uma mola, mas ele o vira assumir tantas nuances que lhe era impossível a garantia de um julgamento exato. Além disso, as entonações de sua voz ainda lhe ressoavam nos ouvidos e a lembrança emprestava tanto encanto aos gestos, aos movimentos de cabeça, ao jogo dos olhos, que ele nesse exame se apaixonou ainda mais. Para ele, a beleza da viscondessa reluzia ainda na escuridão, as impressões que recebera se reavivavam atiçadas umas pelas outras para de novo o seduzirem, ao lhe ressaltarem as graças da mulher e do seu espírito, de início despercebidos.

Mergulhou numa dessas meditações errantes, durante as quais os pensamentos mais lúcidos colidem, quebram-se uns contra os outros e jogam a alma num curto ataque de loucura. É preciso ser jovem para revelar e compreender os segredos dessas espécies de ditirambos, nos quais o coração, assaltado pelas ideias mais justas e mais loucas, cede à última que o golpeia, a um pensamento de esperança ou de desespero, ao sabor de um poderio desconhecido. Aos 23 anos, o homem é quase sempre dominado por um sentimento de modéstia: as timidezes, as perturbações da moça o agitam, ele sente medo de exprimir mal o seu amor, não vê senão dificuldades e as teme, treme de medo de não agradar; ele seria ousado se não amasse tanto. Quanto mais sente o preço da felicidade, menos acredita que sua amada a pudesse facilmente conceder; além disso, talvez se entregue demasiadamente por inteiro a seu prazer e sente temor de não poder proporcioná-lo. Quando, por infelicidade, a mulher que idolatra o intimida, ele a adora em segredo e de longe; se não for adivinhado, seu amor morre. Com frequência essa paixão precoce, morta num jovem coração, ali permanece cintilante de ilusões. Que homem não possui essas virginais recordações, que mais tarde voltam a ressurgir, sempre mais graciosas, trazendo consigo a imagem de uma felicidade perfeita? Recordações que lembram os filhos perdidos na flor da idade e de que os pais conheceram apenas os sorrisos.

O sr. de Nueil, desse modo, voltou de Courcelles dominado por um forte sentimento de resoluções extremas. A sra. de Beauséant já se convertera para ele na causa de sua existência:

preferia morrer a viver sem ela. Ainda jovem o bastante para sentir esse cruel fascínio que a mulher perfeita exerce sobre as almas novas e apaixonadas, estava destinado a atravessar uma dessas noites tempestuosas durante as quais os moços vão da felicidade ao suicídio, do suicídio à felicidade, devoram toda uma vida feliz e adormecem impotentes. Noites fatais, nas quais a maior desventura que pode ocorrer é a pessoa acordar racional. Apaixonado em demasia para conseguir dormir, o sr. de Nueil se levantou e se pôs a escrever cartas, nenhuma das quais o satisfez; acabou por queimar todas.

No dia seguinte, fez o seu passeio em torno do pequeno enclave de Courcelles, mas ao cair da noite, porque tinha medo de ser visto pela viscondessa. O sentimento a que obedecia pertencia a uma natureza de alma tão misteriosa que é preciso ser ainda um jovem ou se encontrar numa situação semelhante para poder compreender as mudas felicidades e bizarrices; todas elas coisas que fariam dar de ombros às pessoas felizes o suficiente para verem sempre o lado positivo da vida.

Após cruéis hesitações, Gaston escreveu à sra. de Beauséant a seguinte carta, que bem pode representar um modelo da fraseologia pertencente aos amorosos e se comparar aos desenhos feitos em segredo pelas crianças para o aniversário dos pais; presentes detestáveis para qualquer pessoa, exceto as que os recebem.

"Senhora,

é tão grande o domínio que exerce sobre meu coração, sobre minha alma e minha pessoa, que hoje meu destino depende inteiramente da senhora. Não jogue minha carta no fogo. Seja condescendente e a leia. Talvez me perdoará a primeira frase, ao perceber que ela não é uma declaração vulgar nem interesseira, mas a expressão de um fato natural. Talvez seja tocada pela modéstia de minhas súplicas, pela resignação que me inspira o sentimento de minha inferioridade, pela influência de sua determinação sobre minha vida. Na minha idade, senhora, sei apenas amar, ignoro completamente o que pode agradar a uma mulher e o que a seduz, mas sinto de coração uma embriagante adoração por ela. Sinto-me irresistivelmente atraído para a senhora pelo prazer imenso que me faz experimentar e penso na senhora com todo o egoísmo que nos arrasta para onde, para nós, está o calor vital. Não me acredito digno da senhora. Não, parece-me impossível, jovem, ignorante e tímido que sou, poder proporcionar-lhe a milésima parte da felicidade a que aspirei ao lhe ouvir, ao lhe ver. A senhora é para mim a única mulher que existe no mundo. Não concebendo mais a vida sem a senhora, tomei a resolução de deixar a França e de arriscar minha vida, até que a perca, em qualquer missão impossível, nas Índias, na África, não sei onde. Não é necessário que eu oponha a um amor sem limites qualquer coisa de infinito? Contudo, se quiser me deixar a esperança, não de lhe pertencer, mas de conseguir a sua amizade, permanecerei aqui. Permita me passar a seu lado, ainda que raramente se assim o exigir, algumas horas semelhantes às que consegui por meio da surpresa. Essa frágil felicidade, cujos vivos prazeres me podem ser interditos à menor palavra mais ardente, será suficiente para me fazer suportar o borbulhar do meu sangue. Terei superestimado a sua generosidade ao lhe suplicar que admita uma troca na qual todo o proveito será somente meu? A senhora saberá como fazer ver à sociedade, pela qual tanto se sacrificou, que não represento nada para si. A senhora, tão inteligente e tão altiva! O que tem a temer? Gostaria nesse momento de poder lhe abrir meu coração a fim de lhe persuadir de que meu humilde apelo não esconde qualquer segunda intenção. Eu não lhe teria dito que meu amor é sem limites, ao lhe pedir que me conceda a sua amizade, se tivesse a esperança de lhe fazer partilhar o sentimento profundo amortalhado em minha alma. Não, serei a seu lado o que desejar que eu seja, desde que eu aí esteja. Se me recusar, e a senhora pode isso, não me queixarei, partirei. Se mais tarde uma outra mulher que não seja a senhora entrar por qualquer motivo em minha vida, a senhora terá tido razão; porém, se eu morrer fiel a meu amor, talvez sinta algum remorso! A esperança de lhe causar um remorso atenuará minhas angústias e será toda a vingança de meu coração ignorado..."

É preciso não ter ignorado qualquer dos excelentes infortúnios da mocidade, é preciso ter galgado o topo de todas as quimeras de duplas asas brancas que oferecem suas ancas femininas às imaginações ardentes para compreender o suplício ao qual Gaston de Nueil foi submetido quando imaginou seu primeiro ultimato entre as mãos da sra. de Beauséant. Imaginava a viscondessa fria, rindo-se e fazendo pouco do amor, como os seres que não mais acreditam nele. Gostaria de recuperar a sua carta, a achava absurda, vinham-lhe ao espírito mil e uma ideias melhores ou mais tocantes do que as suas frias frases, suas malditas frases alambicadas, sofisticadas, pretensiosas, mas felizmente muito mal pontuadas e escritas de uma maneira muito estranha. Tentava não pensar, não sentir; contudo, pensava, sentia e sofria. Se tivesse trinta anos, ele teria se embriagado, mas esse rapaz ainda ingênuo não conhecia nem os recursos do ópio, nem os expedientes da civilização refinada. Não existia lá, a seu lado, um desses bons amigos de Paris que pudessem muito bem lhe dizer: *Paete, non dolet**, enquanto lhe alcançava uma taça de vinho da Champagne ou lhe arrastava para uma orgia que suavizasse as dores da incerteza. Excelentes amigos, sempre arruinados na ocasião em que você é rico, sempre nas estações de água quando você precisa deles, tendo sempre perdido o último centavo no jogo quando você lhes pede um, mas que sempre têm um mau cavalo para lhe vender; porém, de resto, as melhores pessoas da terra, sempre prontos a se juntar a você para descerem uma dessas ribanceiras vertiginosas em que se consomem o tempo, a alma, a vida!

Por fim, o sr. de Nueil recebeu das mãos de Jacques uma carta com um selo de cera perfumado com as armas da casa de Borgonha, escrita sobre um fino papel de pergaminho e com o perfume da bela mulher.

Correu para se fechar e ler e reler a *sua* carta.

---

* *Paete, non dolet*: em latim, "Petus, não dói". Famosa frase proferida por Árria, dama romana, ao cravar um punhal no próprio peito para incentivar o marido Petus a se suicidar, depois que ele fora condenado à morte pelo imperador Claudius, por conspiração. (N.T.)

"O senhor me pune muito severamente, quando foi com a melhor das intenções que me empenhei em lhe poupar da rudeza de uma recusa e da sedução que o espírito sempre exerce sobre mim. Confiei na nobreza da mocidade, e o senhor me enganou. E no entanto lhe falei, se não de coração aberto, o que teria sido completamente ridículo, ao menos com franqueza, e lhe expliquei minha situação a fim de que uma jovem alma compreendesse a minha frieza. Quanto mais o senhor me interessou, mais vivo tem sido o sofrimento que me causou. Sou naturalmente terna e boa, mas as circunstâncias me tornam má. Outra mulher teria queimado sua carta sem a ler; de minha parte, eu a li e a respondo. Minhas alegações lhe provarão que, se não sou insensível à expressão de um sentimento que fiz nascer, mesmo que involuntariamente, estou longe de partilhá-lo, e minha conduta lhe demonstrará de maneira ainda melhor a sinceridade de minha alma. Além do mais, desejei, para o seu bem, utilizar a espécie de autoridade que o senhor me concede sobre a sua vida e quero a exercer uma única vez para fazer cair o véu que cobre seus olhos.

Terei em breve trinta anos, meu senhor, e o senhor mal tem 22. O senhor mesmo ignora quais serão seus pensamentos quando chegar à minha idade. Os juramentos que hoje me faz com tanta facilidade poderão então lhe parecer bem pesados. Hoje, não tenho dúvida disso, o senhor me daria sem culpas toda a sua vida, seria até capaz de morrer por um prazer efêmero; mas, aos trinta anos, a experiência lhe roubaria a força para me fazer sacrifícios a cada dia, e eu me sentiria profundamente humilhada de aceitá-los. Um dia, tudo assim vai lhe comandar, a própria natureza lhe ordenará me deixar; eu lhe disse, prefiro a morte ao abandono. Como pode ver, o infortúnio me ensinou a ser calculista. Uso a razão, nenhuma paixão. O senhor me obriga a lhe dizer que não o amo, que não devo, não posso nem quero lhe amar. Passei do momento da vida em que as mulheres cedem aos impulsos irrefletidos do coração e não mais saberia ser a amante que o senhor procura. Minhas consolações, senhor, vêm de Deus, não dos homens. Além disso, leio muito claramente os corações à triste luz do amor frustrado para poder aceitar a amizade que me pede, que me oferece. O senhor é ludibriado por seu coração e espera muito mais da minha fraqueza do que da sua força. Tudo isso é resultado do instinto. Eu lhe perdoo essa astúcia infantil, o senhor não é ainda nem cúmplice dela. Eu lhe ordeno, em nome desse amor passageiro, em nome de sua vida, em nome de minha tranquilidade, de permanecer em seu país, de não deixar de levar nele uma vida honrada e bela só por causa de uma ilusão que necessariamente se extinguirá. Mais tarde, quando tiver, ao cumprir seu verdadeiro destino, desenvolvido todos os sentimentos que realizam o homem, dará valor à minha resposta, que talvez recrimine nesse momento de seca. E então reencontrará com prazer uma velha senhora, cuja amizade lhe será certamente doce e preciosa: ela não terá sido submetida nem às vicissitudes da paixão nem aos desencantos da vida; enfim, nobres ideias, ideias religiosas a conservarão pura e santa. Adeus, meu senhor, obedeça-me pensando que os seus êxitos proporcionarão algum prazer à minha solidão e pense em mim como pensa nos ausentes."

Após haver lido essa carta, Gaston de Nueil escreveu as seguintes palavras:

"Minha senhora, se eu deixasse de amá-la ao aceitar a oportunidade que me oferece de ser um homem comum, mereceria bem a morte, confesse. Não, eu não lhe obedecerei e lhe juro uma fidelidade que só findará com a morte. Ah, aceite minha vida, a menos que não tema inserir um remorso na sua..."

Quando o criado do sr. de Nueil voltou de Courcelles, seu patrão lhe perguntou:

– A quem você entregou meu bilhete?

– À senhora viscondessa em pessoa; ela estava na carruagem, de saída...

– Para vir à cidade?

– Meu senhor, acho que não. A carruagem da senhora viscondessa estava atrelada com cavalos de posta.

– Ah, ela vai embora – disse o barão.

– Sim, senhor – respondeu o criado.

Imediatamente, Gaston iniciou seus preparativos para seguir a sra. de Beauséant; e ela o levou a Genebra, sem saber que era seguida por ele. Entre as mil reflexões que o assaltaram durante essa viagem, uma, "Por que ela se foi?", o ocupou especialmente. Essa pergunta foi o texto de uma pluralidade de suposições, entre as quais ele escolheu naturalmente a mais lisonjeira, que é esta: "Se a viscondessa quer me amar, não há dúvida de que, como mulher inteligente que é, prefere a Suíça, onde ninguém nos conhece, à França, onde ela depararia com os censores".

Alguns homens apaixonados não amariam uma mulher hábil o suficiente para escolher seu território, isso cabe aos refinados. Ademais, nada prova que a suposição de Gaston fosse verdadeira.

A viscondessa alugou uma pequena casa às margens do lago. Quando ali já se instalara, Gaston apresentou-se numa bela tarde, ao cair da noite. Jacques, um criado aristocrático na essência, não se surpreendeu em nada ao ver o sr. de Nueil e o anunciou como um servidor que tudo compreende. Ao ouvir esse nome, ao ver o rapaz, a sra. de Beauséant deixou cair o livro que segurava; sua surpresa deu tempo a Gaston de chegar até ela e lhe dizer com uma voz que lhe pareceu deliciosa:

– Com que prazer utilizei os mesmos cavalos que a trouxeram!

Ser assim obedecida em seus desejos secretos! Existe uma mulher que não tenha capitulado diante de uma felicidade dessas? Uma italiana, uma dessas divinas criaturas cuja alma é a antípoda da das parisienses e que deste lado dos Alpes seria considerada profundamente imoral, comentou ao ler os romances franceses:

– Não entendo por que esses pobres namorados gastam tanto tempo em arranjar o que deve ser assunto de uma única manhã.

Por que não poderia o narrador, a exemplo dessa boa italiana, evitar que sua narrativa e seus ouvintes ficassem em banho-maria? Poderia muito bem esboçar algumas cenas encantadoras de sedução, doces retardos que a sra. de Beauséant desejasse trazer à felicidade de Gaston para em seguida fraquejar graciosamente como as virgens da Antiguidade; talvez para assim poder gozar das castas voluptuosidades de um primeiro amor e, desse modo, fazê-lo chegar à sua mais alta expressão de força e de poder. O sr. de Nueil estava ainda na idade em que um homem é vítima dos caprichos delas, desses jogos que seduzem tanto as mulheres e que elas prolongam, seja para melhor estipular suas condições, seja para desfrutar por mais tempo de seu poder, cuja próxima diminuição é instintivamente adivinhada por elas. Mas esses pequenos protocolos da intimidade, menos numerosos do que os da Conferência de Londres, ocupam muito pouco espaço na história de uma paixão verdadeira para serem mencionados.

A sra. de Beauséant e o sr. de Nueil viveram durante três anos na vila situada junto ao lago de Genebra, que a viscondessa havia alugado. Ali permaneceram sós, sem ver ninguém, sem dar margem a que falassem deles, passeando de barco, levantando-se tarde, enfim, felizes como todos nós sonhamos ser.

A pequena casa era simples, com persianas verdes, rodeada de largas sacadas protegidas por toldos, verdadeiro refúgio de amantes, casa de canapés brancos, de tapetes mudos, revestida de papéis de parede novos, onde tudo reluzia com alegria. Em cada janela, o lago aparecia com um aspecto diferente; ao longe, as montanhas e suas fantasias nevoentas, coloridas, fugidias; acima delas um belo céu; depois, bem na frente, um grande lençol d'água caprichoso, cambiante! As coisas para eles pareciam um sonho e tudo lhes sorria.

Interesses graves chamaram o sr. de Nueil à França: seu pai e seu irmão haviam morrido; ele se viu obrigado a deixar Genebra. Os dois amantes compraram aquela casa, eles gostariam de fraturar as montanhas e retirar a água do lago por meio da abertura de uma válvula e levar tudo aquilo com eles. A sra. de Beauséant acompanhou o sr. de Nueil. Ela liquidou bens e comprou, perto de Manerville, uma propriedade considerável, limítrofe às terras de Gaston, e ali foram morar juntos. O sr. de Nueil concedeu generosamente à mãe o usufruto dos domínios de Manerville em troca da liberdade que ela lhe concedia de continuar solteiro.

A propriedade da sra. de Beauséant estava localizada perto de uma cidadezinha, num dos mais bonitos recantos do vale do Auge. Ali os dois amantes levantaram entre eles e o mundo barreiras que nem as ideias sociais nem as pessoas puderam transpor, e reencontraram seus dias felizes da Suíça. Ao longo de nove anos, desfrutaram de uma felicidade que não faz sentido descrever; o desenlace dessa aventura fará, sem dúvida, adivinhar os deleites dela àqueles cujas almas podem compreender, no infinito de suas variações, a poesia e a oração.

Entretanto, o marquês de Beauséant (por estarem seu pai e seu irmão mortos), o marido da sra. de Beauséant, gozava de perfeita saúde. Nada nos ajuda mais a viver do que a certeza de que deixaremos feliz outra pessoa com a nossa morte. O sr. de Beauséant era um desses tipos irônicos e teimosos que, à semelhança dos detentores de rendas vitalícias, encontram mais prazer do que o comum dos mortais em se levantarem sentindo-se bem a cada manhã. Homem galante além do mais, um pouco metódico, cerimonioso e calculista, era capaz de declarar seu amor a uma mulher com a mesma tranquilidade com que um lacaio diz: "Senhora, está na mesa". Essa pequena informação biográfica sobre o marquês de Beauséant tem por objetivo fazer compreender a impossibilidade em que estava a marquesa de desposar o sr. de Nueil.

Ora, após nove anos de felicidade, o mais doce contrato que uma mulher poderia ter algum dia assinado, o sr. de Nueil e a sra. de Beauséant se viram numa situação tão natural e falsa quanto aquela em que se achavam no início desta aventura; uma crise fatal, da qual, não obstante, é impossível dar uma ideia, mas cujos termos podem ser expostos com exatidão matemática.

A senhora condessa de Nueil, mãe de Gaston, sempre se recusou a ver a sra. de Beauséant. Era uma pessoa inflexível e virtuosa, que havia promovido a felicidade do sr. de Nueil, o pai, estritamente de acordo com as regras. A sra. de Beauséant compreendeu que essa honorável matriarca devia ser sua inimiga e que tentaria arrancar Gaston de sua vida imoral e antirreligiosa. A marquesa bem que gostaria de vender suas terras e voltar para Genebra. Mas isso seria desafiar o sr. de Nueil e disso ela era incapaz. Além do mais, ele tinha tomado gosto pela região de Valleroy, onde administrava grandes plantações, grandes movimentos de terrenos. Não seria isso arrancá-lo daquela espécie de felicidade mecânica que as mulheres sempre desejam a seus maridos e mesmo a seus amantes?

Havia chegado à região uma certa srta. de La Rodière, de 22 anos, possuidora de quarenta mil libras de renda. Gaston encontrava essa herdeira em Manerville todas as vezes que seu dever o obrigava a ir lá. Esses personagens estavam colocados como cifras de uma proposição aritmética, e a carta que se segue, escrita e entregue certa manhã a Gaston, explicará a esta altura o terrível problema que, há um mês, a sra. de Beauséant tentava resolver.

"Meu anjo querido, lhe escrever no momento em que vivemos de coração para coração, quando nada nos separa, quando nossos carinhos nos servem com frequência como linguagem e quando nossas palavras valem como carícias, não é um contrassenso? Pois bem, não é não, meu amor. Há certas coisas que uma mulher não pode dizer na presença de seu amado; só pensar nelas lhe rouba a voz, lhe faz refluir todo o sangue para o coração; ela perde a força e a presença de espírito. Estar perto assim de você me faz sofrer, e com frequência tenho me sentido assim. Sinto que meu coração deve ser todo verdade para você e que ele não deve lhe ocultar nenhum de meus pensamentos, mesmo os mais fugidios; e amo demais esse doce abandono que me cai tão bem para continuar incomodada por mais tempo, constrangida. De modo que vou lhe confiar minha angústia: sim, trata-se de uma angústia. Você vai me ouvir? Não faça esse pequeno *ta ta ta...* com o qual você me faz calar, com uma impertinência que eu amo, porque tudo o que vem de você me dá prazer. Querido esposo do céu, deixe-me dizer-lhe que você apagou todas as recordações dolorosas sob cujo peso antigamente minha vida estava prestes a sucumbir. Se conheci o amor, foi graças a você. Foi necessária a candura de sua bela juventude, a pureza da sua grande alma para satisfazer as demandas de um coração de mulher exigente. Amigo, tenho com frequência palpitado de alegria ao pensar que, durante esses nove anos, tão rápidos e tão compridos, meu ciúme nunca foi despertado. Recebi todas as flores de sua alma, todos os seus pensamentos. Nunca existiu a menor nuvem em nosso céu, nunca soubemos o que é um sacrifício, obedecemos sempre às inspirações de nossos corações. Gozei toda a felicidade sem limites que uma mulher pode ter. As lágrimas que molham esta folha serão capazes de lhe expressar todo o meu reconhecimento? Gostaria de a ter escrito de joelhos. Pois bem, essa felicidade me fez conhecer um suplício mais assustador do que aquele do abandono. Querido, o coração de uma mulher tem dobras bem profundas; até o dia de hoje, tenho ignorado eu própria a dimensão do meu, como ignorava a dimensão do amor. As maiores misérias que pudessem nos esmagar são fáceis de suportar em comparação com a simples ideia do sofrimento daquele que amamos. E se somos nós a causar esse sofrimento, não é o caso de morrer? Esse é o pensamento que me oprime. Mas ele acarreta um outro ainda mais pesado, o do declínio da glória do amor; ele mata, ele provoca uma humilhação que embaça a vida para sempre. Você tem trinta anos, eu tenho quarenta. Quantos terrores essa diferença de idade não inspira a uma mulher que ama? Você pode ter, de início involuntariamente, depois mais seriamente, sentido os sacrifícios que me fazia ao renunciar a tudo no mundo por mim. Talvez tenha pensado na sua destinação social, naquele casamento que deveria necessariamente aumentar sua fortuna, lhe permitir estabelecer sua felicidade, ter seus filhos, lhes transmitir seus bens, reaparecer na sociedade e aí ocupar com honra o lugar que lhe cabe. Mas você terá reprimido esses pensamentos, feliz em sacrificar a mim, sem que eu saiba, um herdeiro, uma fortuna e um belo futuro. Em sua generosidade de moço, você quis permanecer fiel aos juramentos que nos ligam apenas diante de Deus. Minhas dores passadas devem ter surgido diante de você, e eu terei sido protegida pela infelicidade de onde me tirou. Dever o seu amor à sua piedade! Esse pensamento me é ainda mais tenebroso do que o medo de que eu faça com que você jogue fora a sua vida. Os que costumam bater em suas amantes são bem mais caridosos quando as matam ainda felizes, inocentes na glória de suas ilusões... Sim, a morte é preferível aos dois pensamentos que, há alguns dias, entristecem secretamente minhas horas. Ontem, quando você me perguntou com tanta suavidade: "O que você tem?", sua voz me deixou arrepiada. Acreditei que, conforme o seu hábito, você lia dentro de minha alma e aguardei as suas confidências, imaginando que tivera justos pressentimentos ao adivinhar as conjecturas proporcionadas pela razão. Recordei-me então de algumas atenções que são tão habituais em você, mas nas quais acreditei perceber essa espécie de afetação pela qual os homens traem uma lealdade difícil de suportar. Nesse momento, e paguei bem caro por minha felicidade, senti que a natureza nos vende sempre os tesouros do amor. Com efeito, o destino já não nos separou? Você terá dito a si mesmo: "Cedo ou tarde, deverei deixar a pobre Claire; por que não me separar dela logo?". Esta frase estava escrita no fundo do seu olhar. Eu o deixei para ir chorar longe de você. Esconder-lhe as lágrimas! Elas são as primeiras que o desgosto me faz verter em dez anos, e sou demasiadamente orgulhosa para mostrá-las, mas não o estou de jeito nenhum acusando. Sim, você tem razão, não devo ter de maneira alguma o egoísmo de sujeitar sua brilhante e longa vida à minha, em breve consumida... Mas e se me engano? E se eu tomei uma de suas melancolias amorosas por um pensamento derivado da razão? Ah, meu anjo, não me deixe na incerteza, puna a sua mulher ciumenta, mas restitua-lhe a consciência do amor dela e do seu; a mulher está por inteiro nesse sentimento, que tudo santifica. Depois da chegada de sua mãe e depois que você a viu na casa da srta. de La Rodière, estou entregue a dúvidas que nos desonram. Faça-me sofrer, mas não me engane; eu quero tudo saber, o que a sua mãe diz e o que você pensa! Se você hesitou entre mim e alguma coisa, eu lhe devolvo a liberdade... Eu lhe ocultarei meu destino, saberei não chorar diante de você; apenas não quero mais lhe ver... Ah, tenho de parar, meu coração se despedaça.

Permaneci apática e fora de mim durante alguns instantes. Amigo, não consigo me mostrar orgulhosa com você, tão bom e tão franco que é! Você não conseguiria nem me ferir nem me enganar, mas você me dirá a verdade, por mais cruel que ela possa ser. Quer que eu encoraje as suas confissões? Muito bem, meu coração, serei consolada por um pensamento de mulher. Não terei eu possuído de você o ser jovem e pudico, todo graciosidade, todo beleza, todo delicadeza, um Gaston que nenhuma mulher poderá mais conhecer e de quem desfrutei deliciosamente? Não, você nunca mais amará como me amou, como me ama; não, não suportarei ter uma rival. Minhas recordações serão sem azedume, quando pensar em nosso amor, que preenche todo o meu pensamento. Não estará fora de seu poder daqui por diante encantar uma mulher com a excitação infantil, com as jovens gentilezas de um coração juvenil, pelas atenções da alma, pelos atrativos do corpo e esses rápidos entendimentos da volúpia, enfim, pelo adorável cortejo que acompanha o amor adolescente? Ah, agora você é um homem! Agora você obedecerá a seu destino tudo avaliando. Você terá preocupações, inquietações, ambições e cuidados que *a* privarão desse sorriso constante e inalterável pelo qual os seus lábios estão sempre belos para mim. Sua voz, para mim sempre tão doce, será talvez queixosa. Seus olhos, iluminados sem cessar por um brilho celeste quando me vê, com frequência se tornarão embaçados para *ela*. Além do mais, como é impossível amá-lo como eu o amo, essa mulher jamais conseguirá agradá-lo tanto quanto eu. Ela não terá esse cuidado perpétuo consigo mesma que eu tenho e esse estudo contínuo da sua felicidade em que jamais a inteligência me faltou. Sim, o homem, o coração, a alma que um dia conheci não mais existirão; eu os amortalharei na minha lembrança para mais uma vez desfrutar deles e viver feliz dessa bela vida passada, mas desconhecida de quem quer que seja que não nós dois.

Meu tesouro querido, se entretanto você nunca foi assaltado pela mais ligeira ideia de liberdade, se meu amor não lhe pesa, se meus receios são imaginários, se eu ainda for para você a sua Eva, a única mulher que existe no mundo, ao terminar de ler esta carta, venha, corra! Ah, eu o amarei num instante mais do que em qualquer outra ocasião, creio eu, nesses nove anos. Após haver suportado o suplício inútil dessas suspeitas de que me sinto culpada, cada dia que for acrescentado ao nosso amor, sim, um único dia, valerá por toda uma vida de ventura. De modo que fale, seja franco, não me engane, isso seria um crime. Diga-me: você deseja a liberdade? Refletiu sobre a sua vida madura? Tem algum arrependimento? Eu lhe causei um arrependimento? Isso me mataria. Eu lhe disse: tenho-lhe amor suficiente para preferir sua felicidade à minha. Esqueça, se puder, a rica lembrança de nossos nove anos de felicidade para que ela não o influencie na sua decisão, mas fale! Sou submissa à sua vontade, como a Deus, o único consolador que me resta se você me abandonar."

Quando a sra. de Beauséant soube que a carta estava nas mãos do sr. de Nueil, tombou num abatimento tão profundo e num devaneio tão entorpecedor, consequência da torrente de seus pensamentos, que ficou como que sonâmbula. Por certo, sofria esses padecimentos cuja intensidade nem sempre é proporcional às forças de uma mulher e que apenas as mulheres conhecem.

Enquanto a infeliz marquesa aguardava a sua sorte, o sr. de Nueil sentia-se, ao ler sua carta, fortemente *constrangido*, conforme a expressão utilizada pelos jovens nesse tipo de crise. Ele havia quase cedido diante da instigação de sua mãe e dos atrativos da srta. de La Rodière, jovem bem insignificante, rígida como um álamo, branca e rosada, caladona, de acordo com a receita prescrita para todas as moças casadoiras, mas suas quarenta mil libras de renda em propriedades de terras falavam o suficiente por ela. A sra. de Nueil, com a ajuda de sua sincera afeição de mãe, procurava aliciar o filho para a virtude. Ela o fazia observar o quanto era lisonjeiro para ele ser o preferido da srta. de La Rodière, quando tantos bons partidos lhe haviam feito propostas; estava na hora de ele pensar no seu futuro, ocasião como essa não haveria outra; ele um dia disporia de oitenta mil libras de renda em imóveis; a riqueza tudo consola; se a sra. de Beauséant o amava mesmo, deveria ser a primeira a incentivá-lo a se casar. Em suma, essa boa mãe não esquecia nenhum dos meios de ação pelos quais uma mulher pode influenciar a razão de um homem. Desse modo, conseguira fazer o filho vacilar. A carta da sra. de Beauséant chegou no momento em que o amor de Gaston lutava contra todas as seduções de uma vida arranjada convenientemente e de acordo com o prescrito pela sociedade, mas essa carta decidiu o combate.

Ele resolveu deixar a marquesa e se casar. "É preciso ser homem na vida!", disse a si mesmo. Depois, avaliou as dores que sua resolução causaria à sua companheira. Sua vaidade masculina e sua consciência de amante as aumentaram ainda mais, e ele foi presa de uma piedade sincera. Sentiu de repente a grandeza dessa infelicidade e acreditou necessário, caridoso, amortecer esse golpe mortal. Esperava poder conduzir a sra. de Beauséant a um estado de calma e arrumar um jeito de que ela lhe ordenasse esse casamento cruel, fazendo-a acostumar-se por etapas à ideia de uma separação necessária, deixando sempre a srta. de La Rodière como um fantasma entre eles, sacrificando-a inicialmente para a impor mais tarde. Para obter êxito nesse projeto piedoso, ele contaria com a nobreza, o orgulho da marquesa e todas as belas qualidades de sua alma. Respondeu-lhe então de maneira a acalmar suas suspeitas.

Responder! Para uma mulher que unia à intuição do amor verdadeiro as percepções mais delicadas do espírito feminino, a carta valia por uma sentença. De modo que, quando Jacques entrou e encaminhou-se para a sra. de Beauséant para lhe entregar um papel dobrado triangularmente, a pobre mulher estremeceu como uma andorinha aprisionada. Um frio fora do comum percorreu-a da cabeça aos pés, envolvendo-a num lençol de gelo. Se ele não vinha ajoelhar-se diante dela, se ele não acorria chorando, pálido, amoroso, estava tudo dito. Entretanto, existem tantas esperanças no coração das mulheres que amam! São necessárias muitas punhaladas para as matar; elas amam e sangram até o fim.

– A senhora precisa de alguma coisa? – perguntou Jacques com voz doce ao se retirar.

– Não – ela respondeu. E pensou, enxugando uma lágrima: "Pobre homem, ele adivinha o que se passa comigo; ele, um criado!".

Ela leu:

"Minha bem amada, você está inventando fantasias..."

Ao decifrar essas palavras, um véu espesso desceu sobre os olhos da marquesa. A voz secreta de seu coração lhe gritava: "Ele mente". Em seguida, sua vista, abarcando toda a primeira página com essa espécie de avidez lúcida que a paixão proporciona, leu embaixo estas palavras: "Nada está decidido...".

Virando a página com uma vivacidade convulsiva, percebeu distintamente o espírito que ditara as frases tortuosas dessa carta, onde ela não mais encontrava os impulsos irrefreáveis do amor; ela a amassou, a rasgou, a mordeu, a jogou no fogo e exclamou:

– Ah, infame, ele me possuiu não me amando mais! Depois, meio morta, jogou-se sobre o canapé.

O sr. de Nueil saiu depois de escrever a sua carta. Quando voltou, encontrou Jacques na soleira da porta; Jacques entregou-lhe uma carta e informou:

– A senhora marquesa não está mais no castelo.

Perplexo, o sr. de Nueil abriu o envelope e leu:

"Minha senhora, se eu deixasse de amá-la ao aceitar a oportunidade que me oferece de ser um homem comum, mereceria bem a morte, confesse. Não, eu não lhe obedecerei e lhe juro uma fidelidade que só findará com a morte. Ah, aceite minha vida, a menos que não tema inserir um remorso na sua...". Tratava-se do bilhete que ele escrevera à marquesa no momento em que ela partira para Genebra. Embaixo, Claire de Bourgogne tinha acrescentado:

"Senhor, está livre".

O sr. de Nueil voltou para a casa da mãe, em Manerville. Vinte dias depois, desposou a srta. Stéphanie de La Rodière.

Se essa história de uma veracidade vulgar terminasse aqui, ela seria quase uma mistificação. Não terão quase todos os homens uma mais interessante para contar? Mas a repercussão de seu desenlace, infelizmente verdadeiro; mas tudo o que este poderá fazer nascer de lembranças no coração daqueles que um dia conheceram os prazeres celestes de uma paixão ilimitada, que eles mesmos arruinaram ou perderam por causa de alguma cruel fatalidade, isso tudo poupará talvez esta narrativa de qualquer crítica.

A marquesa de Beauséant não abandonou seu castelo de Valleroy por ocasião de sua separação do sr. de Nueil. Por uma série de razões que é preciso deixar sepultadas no coração das mulheres, sendo que cada uma será capaz de adivinhar as que lhes forem mais próximas, Claire continuou a residir ali após o casamento do sr. de Nueil. Viveu numa solidão tão profunda que seus empregados, com exceção da criada de quarto e de Jacques, sequer a viam. Ela exigia um silêncio absoluto em casa e não saía de seu apartamento a não ser para ir à capela de Villeroy, onde um padre das redondezas vinha lhe rezar a missa todas as manhãs.

Alguns dias depois de seu casamento, o Conde de Neuil tombou numa espécie de apatia conjugal que podia fazer supor a felicidade tanto quanto a infelicidade. Sua mãe garantia a todos:

– Meu filho está muito feliz.

A sra. Gaston de Nueil, a exemplo de muitas mulheres jovens, era um tanto terna, doce e paciente; engravidou um mês depois de casada. Tudo isso estava de acordo com as ideias vigentes. O sr. de Nueil a tratava muito bem, apenas tornou-se, dois meses após ter deixado a marquesa, sonhador e pensativo ao extremo.

– Mas ele sempre foi sério assim – dizia sua mãe.

Após sete meses dessa morna felicidade, ocorreram alguns acontecimentos pequenos na aparência, mas que permitem um vasto desenvolvimento de ideias e denunciam grandes turbulências de alma, a ponto de não poderem deixar de ser referidos, abandonados ao capricho das interpretações do espírito de cada um.

Um dia, durante o qual o sr. de Nueil caçara em suas terras de Manerville e de Valleroy, ele retornou ao parque da sra. de Beauséant, mandou chamar Jacques e o esperou. Quando o criado apareceu, perguntou-lhe:

– A marquesa continua a gostar de caça?

Ante a resposta afirmativa de Jacques, Gaston lhe ofereceu uma grande soma em dinheiro, acompanhada de hábil argumentação, a fim de conseguir dele o pequeno favor de reservar para a marquesa o resultado de sua caçada. Pareceu a Jacques de importância insignificante que sua patroa comesse uma perdiz, fosse ela morta por seu guarda ou pelo sr. de Nueil, já que este desejava que a marquesa não soubesse da origem da carne.

– Ela foi morta em suas terras – explicou o conde.

Jacques se prestou durante vários dias a essa inocente artimanha. O sr. de Nueil saía de manhã para caçar e só voltava para casa para jantar, sem que nada tivesse matado. Uma semana inteira se passou assim.

O sr. de Nueil ganhou coragem suficiente para escrever uma longa carta à marquesa e a fez chegar às suas mãos. Essa carta lhe foi devolvida sem ter sido aberta. Era quase noite quando o criado da marquesa a levou. De repente, o conde arremeteu para fora do salão onde fingia escutar um *Capricho de Hérold** maltratado ao piano por sua mulher e correu em direção à casa da marquesa com a rapidez de um homem que voa para um encontro. Saltou para dentro do parque através de uma brecha que lhe era conhecida, caminhou lentamente através das alamedas, detendo-se por momentos como se tentasse reprimir as sonoras palpitações de seu coração; por fim, chegou junto ao castelo, ouviu ruídos surdos e imaginou que as pessoas estivessem à mesa.

---

* Hérold: Louis-Joseph-Ferdinand Hérold (1791-1833), compositor francês, autor de músicas de balé, como *La fille mal gardée*, e de óperas cômicas, como *Zampa*. (N.T.)

Dirigiu-se ao apartamento da sra. de Beauséant. A marquesa jamais deixava seu quarto de dormir, e o sr. de Nueil conseguiu chegar até a porta sem fazer o menor ruído. Lá viu, à luz de duas velas, a marquesa, magra e pálida, sentada num grande sofá, a fronte inclinada, as mãos pendentes, os olhos fixos num objeto que ela parecia não enxergar. Era a dor em sua expressão mais completa. Havia nessa atitude uma vaga esperança, mas era impossível saber se Claire de Bourgogne contemplava o seu túmulo ou o passado.

Talvez as lágrimas do sr. de Nueil brilhassem no escuro, talvez sua respiração ressoasse um pouco, talvez lhe escapasse um estremecimento involuntário, ou talvez sua presença se tornasse impossível sem o fenômeno da intussuscepção, cujo hábito é ao mesmo tempo a glória, a felicidade e a prova do amor verdadeiro. A sra. de Beauséant voltou lentamente o olhar em direção à porta e viu seu velho amante. O conde então deu alguns passos.

– Se o senhor avançar – gritou a marquesa, empalidecendo –, eu me jogo por aquela janela.

Ela correu para o trinco da janela, a abriu e pôs um pé no parapeito do lado de fora, a mão segurando na sacada, a cabeça voltada para Gaston.

– Saia! Saia, ou eu me jogo! – ela gritou.

Ante esse grito terrível, o sr. de Nueil, ao ouvir o tropel de pessoas, fugiu como um malfeitor.

De volta em casa, o conde escreveu uma carta muito curta e encarregou seu criado de quarto de entregá-la à sra. de Beauséant, recomendando que informasse à marquesa que se tratava de um assunto de vida ou morte para ele.

O mensageiro partiu, o sr. de Nueil voltou para o salão e lá encontrou a esposa, que continuava a decifrar o *Capricho*. Sentou-se, no aguardo da resposta.

Uma hora mais tarde, o *Capricho* terminou, os dois esposos ficaram de frente um para o outro, em silêncio, cada um de um lado da lareira, enquanto o criado voltava de Valleroy e devolvia ao patrão a carta que não fora aberta. O sr. de Nueil entrou numa sala contígua ao salão, onde deixara o fuzil ao voltar da caça, e se matou.

Esse repentino e fatal desenlace, tão contrário a todos os hábitos da jovem França, é natural. As pessoas que bem observaram, ou deliciosamente experimentaram, os fenômenos que a união perfeita de dois seres proporciona compreenderão perfeitamente esse suicídio.

Uma mulher não se amolda nem se dobra em um dia aos caprichos da paixão. A voluptuosidade, como uma flor rara, exige os mais engenhosos cuidados de cultivo; só o tempo e a integração das almas podem revelar todos os recursos, fazer nascer esses prazeres ternos, delicados, pelos quais somos imbuídos de mil superstições e pelos quais nos acreditamos inerentes à pessoa cujo coração nos prodigaliza tanto. Esse admirável entendimento, essa crença religiosa, essa certeza fecunda de sentir uma felicidade particular ou excessiva junto à pessoa amada constituem em parte o segredo dos relacionamentos duráveis e das longas paixões. Perto de uma mulher que possui o gênio de seu sexo, o amor nunca se torna um hábito; sua adorável ternura sabe revestir formas tão variadas; ela é tão espiritual e tão amorosa a um só tempo; põe tantos artifícios em sua natureza e tanta naturalidade em seus artifícios, que se torna tão poderosa pela lembrança quanto pela presença. Junto a ela todas as outras mulheres empalidecem. É preciso ter passado pelo medo da perda de um amor tão vasto, tão brilhante, ou o haver perdido, para lhe dar todo o valor. Mas se, o tendo conhecido, um homem se vê privado dele para mergulhar em qualquer frio matrimônio; se a mulher com a qual esperou encontrar as mesmas felicidades que experimentou anteriormente lhe prova, por qualquer um desses atos amortalhados nas trevas da vida conjugal, que elas não renascerão para ele; se ele ainda conserva nos lábios o gosto de um amor celestial e se ele feriu de maneira mortal sua verdadeira esposa em favor de uma ilusão social, então é preciso morrer ou adotar essa filosofia materialista, egoísta, fria, que horroriza as almas apaixonadas.

Quanto à sra. de Beauséant, ela sem dúvida não acreditou que o desespero de seu amado chegasse até o suicídio, após o haver banhado em amor durante nove anos. Talvez ela pensasse que era a única a sofrer. Além disso, ela estava mais do que no direito de se recusar à mais vil partilha que existe e que uma esposa até pode suportar por altas razões sociais, mas que uma amante deve odiar, já que na pureza de seu amor é que reside toda a sua justificação.

Angoulême, setembro de 1832

O CORONEL CHABERT

Tradução de Paulo Neves

À sra. condessa Ida de Bocarmé,
em solteira Du Chasteler.

– Olhem! Outra vez o nosso velho capote!

Essa exclamação escapou de um empregado do tipo daqueles que nos escritórios são chamados de garotos de recado e que, neste momento, mordia com apetite um pedaço de pão; com um pedaço do miolo ele fez uma bolinha e a lançou zombeteiramente pelo postigo da janela na qual se apoiava. Bem dirigida, a bolinha saltou de volta, quase à altura do peitoral, após atingir o chapéu de um desconhecido que atravessava o pátio de uma casa situada na Rue Vivienne, onde morava o sr. Derville*, advogado.

– Simonnin, não faça besteiras com as pessoas, ou ponho você na rua! Por pobre que seja um cliente, é sempre um homem! – disse o escrivão-chefe, interrompendo a soma de um memorando de custas.

O moço de recados é geralmente, como era Simonnin, um rapaz de treze a catorze anos que em todos os escritórios se acha sob as ordens do escrivão-chefe, sendo encarregado de levar mensagens e bilhetes de amor juntamente com intimações aos oficiais de justiça e petições ao tribunal. Está ligado ao menino de rua de Paris por seus hábitos e à chicana por seu destino. Esse garoto é quase sempre impiedoso, sem freio, indisciplinável, fazedor de rimas, gozador, ávido e preguiçoso. E quase todos esses aprendizes têm uma velha mãe alojada num quinto andar, com a qual dividem os trinta ou quarenta francos que ganham por mês.

– Se é um homem, por que o chama de *velho capote*? – perguntou Simonnin, com o ar de estudante que pega o professor em erro.

E voltou a comer seu pão e seu queijo, encostando o ombro no batente da janela, pois repousava de pé, como os cavalos de charrete, com uma das pernas erguida e apoiada contra a outra na ponta do sapato.

– Que peça poderíamos pregar a esse velhote? – disse em voz baixa o terceiro-escrevente, chamado Godeschal, detendo-se no meio do arrazoado de uma petição que ele ditava ao quarto-escrevente, e cujas cópias eram feitas por dois novatos

* Personagem de *A comédia humana* que reaparece em *Gobseck*. (N.T.)

vindos da província. Depois, ele continuou seu improviso: ...*Mas, em sua nobre e benevolente sabedoria, Sua Majestade Luís Dezoito* (escreva por extenso, Desroches, você que sabe espichar palavras!), *no momento em que retomou as rédeas de seu reino, compreendeu...* (o que ele compreendeu, esse grande farsante?) *a alta missão a que fora chamada pela divina Providência!......* (ponto de exclamação e seis pontos: no tribunal são bastante religiosos para os deixarem passar) *e seu primeiro pensamento foi, como o prova a data do decreto abaixo designado, reparar os infortúnios causados pelos terríveis e tristes desastres de nossos tempos revolucionários, restituindo a seus fiéis e numerosos servidores* (numerosos é uma lisonja que deve agradar no tribunal) *todos os seus bens não vendidos, quer se encontrassem no domínio público, quer se encontrassem no domínio ordinário ou extraordinário da coroa, quer, enfim, se encontrassem nas dotações de estabelecimentos públicos, pois somos e nos julgamos aptos a afirmar que tal é o espírito e o sentido do famoso e leal decreto promulgado em...*

– Esperem – disse Godeschal aos três escreventes –, essa frase bandida acabou com a minha página. Bem – ele continuou, molhando com a língua o dorso do caderno para poder virar a página espessa do papel timbrado –, se quisermos lhe pregar uma peça, devemos dizer que o patrão só pode falar com seus clientes entre duas e três horas da madrugada: veremos se ele virá, esse velho malfeitor! – e Godeschal retomou a frase começada: – *promulgado em...* Estão prontos? – perguntou.

– Sim – gritaram os três copistas.

Tudo se fazia ao mesmo tempo, o requerimento, a conversa e a conspiração.

– *Promulgado em...* Ei, chefe Boucard, qual é a data do decreto? É preciso pôr os pingos nos is, caramba! Isso aumenta as páginas.

– *Caramba!* – repetiu um dos copistas antes que Boucard, o escrivão-chefe, respondesse.

– Como! Você escreveu *caramba*? – exclamou Godeschal, olhando para um dos novatos com um ar ao mesmo tempo severo e brincalhão.

– Sim – disse Desroches, o quarto-escrevente, inclinando-se sobre a cópia do vizinho –, ele escreveu: *É preciso pôr os pingos nos is* e *caramba* com *k*.

Todos os escreventes deram uma gargalhada.

– Como, sr. Huré? Toma *caramba* como um termo do direito? E diz que é de Mortagne*! – falou Simonnin.

– Apague isso! – disse o escrivão-chefe. – Se o juiz encarregado de calcular a taxa do processo visse coisas semelhantes, ele diria que estamos *zombando da autoridade*! Causaríamos problemas ao patrão. Vamos, não cometa mais essas tolices, sr. Huré! Um normando não deve escrever descuidadamente um requerimento. É o *Apresentar armas!* de quem trabalha na justiça.

– *Promulgado em... em?* – perguntou Godeschal. – Diga-me quando, Boucard?

– Junho de 1814 – respondeu o escrivão-chefe sem deixar seu trabalho.

Uma batida à porta do escritório interrompeu a frase do prolixo requerimento. Cinco empregados providos de bons dentes, olhos vivos e zombeteiros, cabelos encaracolados, levantaram o nariz em direção à porta, depois de gritar em coro:

– *Entre!*

Boucard manteve o rosto mergulhado num monte de atas, chamadas *bagatelas* em linguagem forense, e continuou a traçar o memorando de custas no qual trabalhava.

O escritório era uma grande peça ornada da clássica estufa que decora todos os antros da chicana. Os tubos atravessavam diagonalmente a sala e juntavam-se sobre uma lareira abandonada, sobre cujo mármore se viam pedaços de pão, fatias de queijo Brie, costeletas de porco, copos, garrafas e a taça de chocolate do escrivão-chefe. O cheiro desses comestíveis se misturava de tal modo ao da estufa superaquecida, ao odor particular dos escritórios e da papelada, que o fedor de uma raposa não seria sentido. O soalho estava coberto de lama e neve trazidas pelos sapatos dos empregados. Junto à janela estava a escrivaninha do chefe, na qual ficava encostada

* Cidade da Normandia. (N.T.)

a pequena mesa destinada ao segundo-escrevente. O segundo, naquele momento, estava ocupado com o serviço do tribunal. Seriam oito ou nove horas da manhã. O escritório tinha como único ornamento os grandes cartazes amarelos que anunciam penhoras imobiliárias, vendas, licitações entre adultos e menores de idade, adjudicações definitivas ou preparatórias, a glória dos cartórios! Atrás do escrivão-chefe havia uma enorme estante que cobria a parede até o teto, cada prateleira abarrotada de maços de papel dos quais pendiam as inúmeras etiquetas e fios vermelhos que dão uma fisionomia especial às pastas de processos. As prateleiras inferiores estavam repletas de cartolinas amareladas pelo uso, com tiras de papel azul nas quais se liam os nomes dos clientes importantes cujos casos suculentos eram cozinhados naquele momento. Os vidros sujos da janela deixavam passar pouca luz. Aliás, no mês de fevereiro há poucos escritórios em Paris onde se possa escrever sem o auxílio de uma lâmpada antes das dez horas, pois todos são objeto de uma negligência bastante compreensível: todo mundo vai lá, mas ninguém permanece, nenhum interesse pessoal se liga a uma coisa tão sem importância: nem o advogado, nem os clientes, nem os empregados se preocupam com a elegância de um lugar que, para uns, é uma sala de aula, para outros, uma passagem, para o chefe, um laboratório. A mobília ordinária é transmitida de advogado a advogado com um escrúpulo tão religioso que alguns escritórios ainda possuem caixas de *resíduos*, moldes de impressão, sacos provenientes de procuradores do *Chlet*, abreviação da palavra *Châtelet*, jurisdição que representava, na antiga ordem das coisas, o tribunal de primeira instância atual.

Esse escritório obscuro, empoeirado, tinha, portanto, como todos os outros, algo de repulsivo para os clientes, que fazia dele uma das mais terríveis monstruosidades parisienses. Se as sacristias úmidas, onde as preces se pesam e se pagam como especiarias, se os brechós, onde se amontoam farrapos que acabam com as ilusões da vida ao nos mostrarem onde terminam nossas festas, se essas duas cloacas da poesia não existissem, um escritório de advogado seria, certamente, de todas as lojas sociais, a mais horrível. Mas o mesmo acontece com a casa de jogos, o tribunal, a agência lotérica e o prostíbulo. Por quê? Talvez porque, nesses lugares, o drama, vivido na alma, torne o homem indiferente aos acessórios: o que explicaria também a simplicidade dos grandes pensadores e dos grandes ambiciosos.

– Onde está meu canivete?

– Estou almoçando!

– Não enche! Olha aí! Uma mancha sobre o requerimento!

– Silêncio, senhores!

Essas diversas exclamações partiram ao mesmo tempo, no momento em que o velho pleiteante fechou a porta com aquela humildade que desfigura os movimentos do homem infeliz. O desconhecido tentou sorrir, mas os músculos de sua face se distenderam quando buscou em vão algum sinal de amenidade nos rostos inexoravelmente indiferentes dos seis empregados. Acostumado por certo a julgar os homens, ele se dirigiu muito cortesmente ao garoto de recados, esperando que esse burro de carga lhe respondesse com suavidade.

– Diga-me, senhor, posso ver seu patrão?

O malicioso rapaz respondeu ao pobre homem dando com os dedos da mão esquerda pequenos golpes repetidos na orelha, como para dizer: sou surdo.

– O que deseja, senhor? – disse Godeschal, que fez a pergunta ao mesmo tempo em que devorava um pedaço de pão com o qual se poderia encher uma peça de canhão, brandia a faca e cruzava as pernas, levantando o pé que estava no ar quase até a altura dos olhos.

– Venho aqui pela quinta vez – respondeu o cliente. – Desejo falar com o sr. Derville.

– Trata-se de um caso?

– Sim, mas só posso explicá-lo ao senhor...

– O patrão está dormindo; se deseja consultá-lo sobre alguma dificuldade, ele só trabalha seriamente depois da meia-noite. Mas, se quiser nos falar de sua causa, poderíamos, tão bem como ele, lhe...

O desconhecido permaneceu impassível. Pôs-se a olhar modestamente ao seu redor, como um cão que, entrando numa cozinha estranha, teme ser escorraçado. Os empregados, por sua própria condição, nunca têm medo de ladrões; portanto, não desconfiaram do homem de capote e o deixaram observar o local, onde ele buscava em vão um assento em que repousar, pois estava visivelmente fatigado. Por princípio, os advogados deixam poucas cadeiras em seus escritórios. O cliente vulgar, cansado de esperar de pé, vai embora resmungando, mas assim não toma um tempo que, na expressão de um velho procurador, não *rende*.

– Senhor – ele respondeu –, já tive a honra de lhe informar que só posso explicar meu caso ao sr. Derville. Vou esperar que ele desperte.

Boucard havia terminado sua soma. Ele sentiu o cheiro do chocolate, deixou sua cadeira de vime, foi até a lareira, mediu com o olhar o velho de cima a baixo, observou o capote e fez uma careta indescritível. Provavelmente pensou que, por mais que torcessem esse velhote, seria impossível extrair dele um centavo; interveio, então, com uma frase curta, destinada a livrar o escritório de um mau cliente.

– Eles estão dizendo a verdade, senhor. O patrão só trabalha durante a noite. Se seu caso é grave, sugiro que volte à uma da madrugada.

O pleiteante olhou o escrivão-chefe com um ar estúpido e ficou durante um momento imóvel. Habituados às mudanças de fisionomia e aos estranhos caprichos produzidos pela indecisão ou pelo devaneio que caracterizam os demandantes, os empregados continuaram a comer, fazendo tanto ruído com as mandíbulas como devem fazer os cavalos na manjedoura, e não se preocuparam mais com o velho.

– Voltarei à noite – disse enfim o velho que, por uma tenacidade peculiar aos infelizes, queria pegar a humanidade em falta.

O único gracejo permitido à miséria é obrigar a justiça e a beneficência a recusas injustas. Quando os infelizes provam que a sociedade mente, eles se lançam com mais ardor no seio de Deus.

– Não parece um tipo *decidido*? – disse Simonnin sem esperar que o velho tivesse fechado a porta.

– Ele parece um desenterrado – disse um dos escreventes.

– É algum coronel que reclama pagamentos atrasados – disse o escrivão-chefe.

– Não, é um porteiro aposentado – disse Godeschal.

– Aposto que ele é nobre – falou Boucard.

– Aposto que foi porteiro – replicou Godeschal. – Os porteiros são os únicos que recebem da natureza capotes usados, manchados e esfiapados embaixo, como o desse velhote! Então não reparou nas botas cambadas e furadas nem na gravata que lhe serve de camisa? Ele dorme debaixo das pontes.

– Pode ser nobre e ter sido porteiro – exclamou Desroches. – Isso já aconteceu!

– Não – retomou Boucard, em meio às risadas –, afirmo que ele foi cervejeiro em 1789 e coronel durante a República.

– Pois aposto um espetáculo para vocês todos como ele nunca foi soldado – disse Godeschal.

– Está apostado! – replicou Boucard.

– Senhor, senhor! – gritou o garoto de recados abrindo a janela.

– Que está fazendo, Simonnin? – perguntou Boucard.

– Estou chamando o velhote para lhe perguntar se é coronel ou porteiro, ele deve saber.

Todos se puseram a rir. Quanto ao velho, ele já subia de volta a escada.

– O que vamos dizer a ele? – exclamou Godeschal.

– Deixem comigo! – respondeu Boucard.

O pobre homem tornou a entrar timidamente, baixando os olhos, talvez para não revelar sua fome ao olhar com muita avidez os comestíveis.

– Senhor – disse-lhe Boucard –, quer ter a bondade de nos dar seu nome a fim de que o patrão saiba se...

– Chabert.

– É o coronel morto em Eylau*? – perguntou Huré, que, não tendo dito nada até então, estava sedento de acrescentar um gracejo a todos os outros.

– Ele mesmo, senhor – respondeu o velhote com uma simplicidade antiga. E retirou-se.

– Xô!

– Destituído!

– Puf!

– Oh!

– Ah!

– Bum!

– O velho é louco!

– Trim, lá, lá, trim, trim!

– Enterrado!

– Desroches, você vai ao teatro sem pagar – disse Huré ao quarto-escrevente, dando-lhe um tapa no ombro capaz de derrubar um rinoceronte.

Foi uma sucessão de gritos, risadas e exclamações, que só se poderia descrever usando todas as onomatopeias da língua.

– A que teatro iremos?

– Ao Teatro da Ópera – exclamou o chefe.

– Em primeiro lugar – retomou Godeschal –, não falei teatro, falei espetáculo. Posso, se eu quiser, levar vocês ao de Madame Saqui.

– Madame Saqui não é um espetáculo – disse Desroches.

– O que é um espetáculo? – continuou Godeschal. – Vamos estabelecer primeiro a *questão de fato*. O que apostei, senhores? Um espetáculo. O que é um espetáculo? Uma coisa que se vê...

– Mas, nessa teoria, você poderia simplesmente nos levar a ver a água passar debaixo da Pont-Neuf! – exclamou Simonnin, interrompendo-o.

– ...que se vê em troca de dinheiro – continuou Godeschal.

---

* Cidade da Prússia onde Napoleão venceu os prussianos e os russos em fevereiro de 1807. (N.T.)

– Mas vemos em troca de dinheiro muitas coisas que não são um espetáculo. A definição não é exata – disse Desroches.

– Escutem-me, por favor!

– Você está delirando – disse Boucard.

– A sala Curtius é um espetáculo? – perguntou Godeschal.

– Não – respondeu o escrivão-chefe –, é uma sala de figuras de cera.

– Pois aposto cem francos – replicou Godeschal – que a sala Curtius possui o conjunto de coisas ao qual cabe o nome de espetáculo. Lá uma coisa pode ser vista a diferentes preços, conforme os diferentes lugares em que quisermos nos colocar...

– E *berliques e berloques* – disse Simonnin.

– Olha que eu te meto a mão! – disse Godeschal.

Os escreventes não deram bola.

– Aliás, nada prova que esse velho macaco não esteja rindo de nós – ele prosseguiu, cessando sua argumentação abafada pelo riso dos outros escreventes. – Em consciência, o coronel Chabert está bem morto, sua mulher voltou a se casar com o conde Ferraud, conselheiro do Estado. A sra. Ferraud é uma das clientes do escritório!

– A causa fica adiada para amanhã – disse Boucard. – Ao trabalho, seus vagabundos! Ninguém faz nada aqui! Acabem logo esse requerimento, ele deve ser apresentado antes da audiência da quarta vara. O processo vai ser julgado hoje. Vamos, a galope!

– Se fosse o coronel Chabert, ele não teria dado um pontapé no traseiro desse farsante do Simonnin quando se fez de surdo? – disse Desroches, considerando sua observação como mais conclusiva do que a de Godeschal.

– Já que nada está decidido – continuou Boucard –, vamos combinar na segunda fila dos camarotes do teatro dos Franceses para ver Talma no papel de Nero. Simonnin ficará na plateia.

Neste momento, o escrivão-chefe sentou-se à sua mesa e todos o imitaram.

– *Promulgado em junho de mil oitocentos e catorze*, por extenso, certo? – disse Godeschal.

– Sim – responderam os dois copistas e o escrevente, cujas penas recomeçaram a ranger sobre o papel timbrado, fazendo no escritório o ruído de cem besouros encerrados por escolares em cartuchos de papel.

– E esperamos que os senhores que compõem o tribunal – disse o improvisador. – Um momento! Preciso reler minha frase, eu mesmo não me compreendo mais.

– Quarenta e seis... Isso deve acontecer com frequência!... Mais três, 49 – disse Boucard.

– Esperamos – retomou Godeschal após ter relido tudo *– que os senhores que compõem o tribunal não sejam menos magnânimos do que o augusto autor do decreto e que reconheçam as miseráveis pretensões da administração da grande chancelaria da legião de honra, fixando a jurisprudência no sentido amplo que aqui estabelecemos...*

– Sr. Godeschal, quer um copo d'água? – disse o garoto de recados.

– Esse Simonnin é um farsante! – disse Boucard. – Olhe, prepare seus cavalos de sola dupla, pegue este pacote e corra até o Palais des Invalides.

– *Que aqui estabelecemos* – retomou Godeschal. – Acrescentem: *no interesse da senhora...* (com todas as letras) *viscondessa de Grandlieu...*

– Como? – exclamou o escrivão-chefe. – Tem a ousadia de fazer requerimentos no caso da viscondessa de Grandlieu contra a legião de honra, um caso por conta do escritório, com pagamento acertado? Ah! Você é mesmo um palerma! Ponha de lado essas cópias e essa minuta, deixe isso para o caso Navarreins contra os asilos. É tarde, vou fazer uma petição com considerandos e irei eu mesmo ao tribunal...

Esta cena representa um dos inúmeros prazeres que, mais tarde, nos fazem dizer, relembrando a juventude: "Bons tempos aqueles!".

Por volta de uma da madrugada, o suposto coronel Chabert veio bater à porta do sr. Derville, advogado junto ao tribunal de primeira instância do departamento do Sena. O porteiro respondeu que o sr. Derville ainda não havia chegado.

O velho alegou o encontro marcado e subiu até o escritório do célebre jurista que, embora moço, era considerado como uma das maiores inteligências do tribunal. Depois de ter tocado a campainha, o desconfiado solicitante ficou surpreso de ver o escrivão-chefe ocupado em dispor sobre a mesa da sala de jantar do patrão as numerosas pastas dos casos a serem examinados no dia seguinte, na devida ordem. O escrivão, não menos surpreso, cumprimentou o coronel e indicou-lhe uma cadeira, na qual o cliente se sentou.

– Sinceramente, senhor, achei que estivesse gracejando ontem quando me indicou uma hora tão tardia para uma consulta – disse o velho, com a falsa alegria de um homem arruinado que se esforça por sorrir.

– Os empregados gracejavam e diziam a verdade ao mesmo tempo – respondeu o escrivão, continuando seu trabalho. – O sr. Derville escolheu esta hora para examinar as causas, resumir os argumentos, organizar o processo e preparar a defesa. Sua prodigiosa inteligência sente-se mais livre nesse momento, quando obtém o silêncio e a tranquilidade necessários à concepção de boas ideias. Desde que ele é advogado, o senhor é o terceiro exemplo de uma consulta dada a essa hora da noite. Assim que chegar, o patrão examinará cada caso, lerá tudo, passará talvez quatro ou cinco horas nessa tarefa; depois me chamará para explicar suas intenções. De manhã, entre dez horas e duas da tarde, ele escuta os clientes, depois dedica o resto do dia a seus encontros. À noite, frequenta as rodas sociais para manter suas relações. Portanto, só dispõe da madrugada para estudar seus processos, esquadrinhar os arsenais do Código e traçar seus planos de batalha. Não quer perder uma única causa, tem amor pela arte. Ao contrário de seus confrades, não aceita qualquer espécie de caso. Eis aí sua vida, que é particularmente ativa. Com isso ele ganha muito dinheiro.

Ao ouvir essa explicação, o velho permaneceu silencioso e seu rosto bizarro adquiriu uma expressão tão desprovida de inteligência que o escrivão, depois de observá-lo, não se ocupou mais dele. Passados alguns instantes, Derville chegou, em traje de baile; o escrivão-chefe foi abrir-lhe a porta e voltou para concluir a classificação das pastas. O jovem advogado ficou por um momento estupefato ao entrever na penumbra o singular cliente que o esperava. O coronel Chabert estava tão perfeitamente imóvel como as figuras de cera da sala Curtius, onde Godeschal queria levar seus colegas. Essa imobilidade não seria um motivo de espanto se não completasse o espetáculo sobrenatural que o conjunto da figura apresentava. O velho soldado era seco e magro. A testa, voluntariamente escondida sob os cabelos de uma peruca lisa, dava-lhe um aspecto misterioso. Os olhos pareciam cobertos por um véu transparente; era como um nácar sem brilho, cujos reflexos azulados cintilassem à luz de velas. O rosto pálido, lívido, como lâmina de faca, se é permitido usar essa expressão vulgar, parccia morto. No pcscoço, uma gravata dc scda prcta, de má qualidade. A sombra ocultava tão bem o corpo a partir do claro-escuro que delimitava esse farrapo, que um homem de imaginação teria tomado a cabeça desse velho como uma silhueta formada ao acaso ou como um retrato de Rembrandt, sem quadro. A aba do chapéu que lhe cobria a testa projetava um sulco negro no alto do rosto. Esse efeito bizarro, embora natural, fazia sobressair por um brusco contraste as rugas brancas, as sinuosidades frias, o aspecto descolorido dessa fisionomia cadavérica. Enfim, a ausência de qualquer movimento no corpo e de calor no olhar se combinava com uma certa expressão de demência triste, com os degradantes sintomas pelos quais se caracteriza o idiotismo, pondo nesse rosto um ar funesto que nenhuma palavra humana poderia exprimir. Mas um observador, e principalmente um advogado, teria também descoberto, nesse homem fulminado, os sinais de uma dor profunda, os indícios de uma miséria que havia degradado esse rosto, como as gotas d'água caídas do céu desfiguram, com o passar do tempo, um belo mármore. Um médico, um escritor, um magistrado teriam pressentido todo um drama no aspecto desse sublime horror, cujo menor mérito era se assemelhar às fantasias que os pintores se divertem em desenhar na base de suas pedras litográficas, enquanto conversam com os amigos.

Ao ver o advogado, o desconhecido estremeceu num movimento convulsivo semelhante ao que escapa aos poetas quando um ruído inesperado vem desviá-los de um fecundo devaneio, no meio do silêncio e da noite. O velho descobriu prontamente a cabeça e se levantou para cumprimentar o jovem; estando o couro que guarnecia o interior do chapéu certamente muito engordurado, a peruca ficou grudada sem que ele notasse, deixando ver a nu seu crânio horrivelmente mutilado por uma cicatriz transversal, que partia do occipício e vinha até o olho direito, formando no percurso uma grossa costura saliente. A retirada súbita dessa peruca suja, que o pobre coitado usava para ocultar a ferida, não deu nenhuma vontade de rir aos dois homens da lei, tão assustador era o aspecto daquele crânio fendido. O primeiro pensamento que a visão dessa ferida sugeria era este: "Por aí escapou a inteligência!".

"Se não é o coronel Chabert, pelo menos é um valente soldado!", pensou Boucard.

– Senhor – disse-lhe Derville –, com quem tenho a honra de falar?

– Com o coronel Chabert.

– Qual deles?

– O que morreu em Eylau – respondeu o velho.

Ao ouvirem essa estranha frase, o escrivão e o advogado trocaram um olhar que significava: "É um louco!".

– Gostaria de confiar exclusivamente ao senhor – retomou o coronel – o segredo da minha situação.

Uma coisa digna de nota é a intrepidez natural dos advogados. Seja o hábito de receber um grande número de pessoas, seja o profundo sentimento da proteção que as leis lhes dão, seja a confiança em seu ministério, eles entram em toda parte sem nada temer, como os padres e os médicos. Derville fez um sinal a Boucard, que saiu.

– Senhor – continuou o advogado –, durante o dia não sou muito avaro com meu tempo, mas, no meio da noite, os minutos são preciosos. Assim, seja breve e conciso. Entre no assunto sem digressões. Eu mesmo lhe pedirei os esclarecimentos que me parecerem necessários. Fale.

Depois de fazer seu estranho cliente sentar-se, o jovem sentou-se também diante da mesa; mas, ao mesmo tempo em que prestava atenção às palavras do falecido coronel, folheava suas pastas.

– Senhor – disse o defunto –, talvez saiba que comandei um regimento de cavalaria em Eylau. Muito contribuí para o sucesso da célebre investida que foi feita pelo general Murat e que decidiu a vitória da batalha. Infelizmente para mim, minha morte é um fato histórico consignado nas *Vitórias e conquistas**, onde é relatada em detalhe. Partimos ao meio as três linhas russas que, tendo se recomposto em seguida, nos obrigaram a atravessá-las em sentido contrário. No momento em que voltávamos em direção ao imperador, após ter dispersado os russos, deparei com um grupo de cavalaria inimiga e me lancei contra esses teimosos. Dois oficiais russos, dois verdadeiros gigantes, me atacaram ao mesmo tempo. Um deles me aplicou na cabeça um golpe de sabre que cortou tudo, até um gorro de seda preta que eu tinha na cabeça, e me feriu profundamente o crânio. Caí do cavalo. Murat veio em meu socorro, passou sobre o meu corpo, ele e toda a sua gente, 1.500 homens, não é pouco! Minha morte foi comunicada ao imperador que, por prudência (ele gostava um pouco de mim, o chefe!), quis saber se não haveria chance de salvar o homem a quem devia esse vigoroso ataque. Enviou dois médicos-cirurgiões a fim de me reconhecerem e trazerem para a ambulância, dizendo-lhes, talvez um pouco negligentemente, pois estava muito ocupado: "Vejam se porventura meu pobre Chabert ainda vive!". Os dois malditos cirurgiões, tendo me visto ser pisoteado pelos cavalos dos dois regimentos, certamente se abstiveram de me tomar o pulso e disseram que eu estava morto. Assim, a certidão de meu falecimento foi provavelmente lavrada segundo as regras estabelecidas pela jurisprudência militar.

Ao ouvir seu cliente se exprimir com uma lucidez perfeita e relatar fatos tão verossímeis, embora estranhos, o

* Compilação de textos sobre as conquistas militares francesas entre 1792 e 1815, organizada pelo general Beauvais e publicada de 1817 a 1823. (N.T.)

jovem advogado deixou de lado as pastas, apoiou o cotovelo esquerdo na mesa, amparando a cabeça com a mão, e olhou fixamente para o coronel.

– Sabe que sou o advogado da condessa Ferraud, viúva do coronel Chabert? – disse, interrompendo-o.

– Minha mulher! Sim, eu sei. Depois de fazer uma série de tentativas infrutíferas junto a juristas, que me consideraram, todos, um louco, decidi vir procurá-lo. Mais tarde lhe falarei de minhas infelicidades. Deixe-me primeiro lhe apresentar os fatos, explicar antes como eles deveriam ter se passado, e não como aconteceram. Algumas circunstâncias, que só o Padre eterno deve conhecer, me obrigam a apresentar vários desses fatos como hipóteses. Assim, meu senhor, os ferimentos que sofri provavelmente causaram um tétano ou me colocaram numa crise análoga a uma doença chamada, acredito, catalepsia. Do contrário, como entender que eu tenha sido, segundo o costume da guerra, despojado de minhas roupas e lançado na cova dos soldados pelos homens encarregados de enterrar os mortos? Aqui, permita-me fornecer um detalhe que só pude conhecer posteriormente ao acontecimento que sou forçado a chamar de minha morte. Em 1814, encontrei em Stuttgart um ex-sargento do meu regimento. Esse bom homem, o único que quis me reconhecer e a respeito de quem lhe falarei daqui a pouco, me explicou o fenômeno de minha conservação, dizendo que meu cavalo recebera um tiro no flanco no momento em que eu mesmo fui ferido. Cavalo e cavaleiro, portanto, caíram como um castelo de cartas. Ao cair, seja à direita ou à esquerda, fui certamente coberto pelo corpo do meu cavalo, que, assim, me impediu de ser esmagado pelos outros cavalos ou atingido por balas. Quando recobrei os sentidos, senhor, eu estava numa posição e numa atmosfera que não saberia lhe descrever, mesmo se falasse longamente. O pouco ar que eu respirava era mefítico. Quis me mover e não encontrei espaço. Abrindo os olhos, não via nada. O ar rarefeito foi o acidente mais ameaçador e o que mais vivamente me mostrou minha situação. Compreendi que, ali onde estava, o ar não se renovava e que eu iria morrer. Esse pensamento me fez esquecer a dor inexprimível que me despertara. Meus ouvidos zumbiam violentamente. Ouvi, ou julguei ouvir – não quero afirmar nada –, gemidos que vinham do monte de cadáveres no meio dos quais eu jazia. Embora a recordação desses momentos seja muito tenebrosa, embora minhas lembranças sejam confusas – e não obstante os sofrimentos ainda mais profundos que eu haveria de experimentar e que embaralharam minhas ideias –, há noites em que acredito ouvir ainda aqueles suspiros abafados! Mas houve algo mais horrível do que os gritos, um silêncio que eu nunca havia encontrado em parte alguma, o verdadeiro silêncio do túmulo. Por fim, levantando as mãos, tateando os mortos, percebi um vazio entre minha cabeça e a camada de lixo humano acima de mim. Pude, então, medir o espaço que me fora deixado por um acaso e cuja causa eu desconhecia. Parece que, graças ao descuido ou à precipitação com que nos lançaram naquela cova, dois mortos haviam se cruzado em cima de mim de modo a formar um ângulo semelhante ao de duas cartas apoiadas uma contra a outra por uma criança que assenta as bases de um castelo. Ao investigar com presteza, pois não havia tempo a perder, encontrei por sorte um braço que não servia para nada, o braço de um Hércules, um osso firme ao qual devo minha salvação. Sem esse socorro inesperado, eu teria morrido! Com um ímpeto que o senhor deve compreender, pus-me a deslocar os cadáveres que me separavam da camada de terra certamente lançada sobre nós – digo nós, como se houvesse outros vivos! Trabalhei com vontade, pois aqui estou! Mas hoje não sei como consegui atravessar a barreira de carne que se interpunha entre mim e a vida. O senhor me dirá que eu tinha três braços! Essa alavanca, da qual me servia com habilidade, me proporcionava sempre um pouco do ar que havia entre os cadáveres que eu deslocava, e eu poupava a respiração. Finalmente vi a claridade, mas através da neve! Naquele momento, percebi o corte na minha cabeça. Por felicidade, meu sangue, o de meus colegas ou talvez a pele ferida do meu cavalo – quem sabe? – haviam produzido, ao se coagular, como que um emplastro natural. Apesar dessa crosta, desmaiei quando meu crânio entrou em contato com a neve. O pouco calor que me restava, porém, fez com que a neve se derretesse ao meu redor e, ao recuperar os sentidos, me vi no centro de uma pequena abertura, pela qual gritei o mais que pude. Já haveria gente no campo? Eu me alçava fazendo dos pés uma mola, cujo ponto de apoio eram os defuntos que tinham costas sólidas. O senhor percebe que não era o momento de dizer a eles: *Respeito à coragem, infelizes!* Em suma, depois de sentir a dor, se a palavra pode exprimir minha raiva, de ver durante muito tempo – sim, durante muito tempo – os malditos alemães fugindo ao ouvirem uma voz onde não avistavam ninguém, fui finalmente socorrido por uma mulher bastante ousada ou bastante curiosa para se aproximar de minha cabeça, que parecia ter brotado do chão como um cogumelo. Essa mulher foi buscar o marido, e os dois me transportaram até seu pobre barraco. Parece que tive uma recaída de catalepsia; aceite essa expressão para lhe descrever um estado do qual não formei ideia alguma, mas que, pelo que disseram meus hospedeiros, deve ser um efeito dessa doença. Fiquei durante seis meses entre a vida e a morte, sem falar, ou delirando quando falava. Por fim, meus hospedeiros me levaram ao hospital de Heilsberg. O senhor compreende que saí da cova tão nu como do ventre de minha mãe; de modo que, seis meses depois, quando numa bela manhã me lembrei de ter sido o coronel Chabert e, recuperando a razão, quis obter da enfermeira mais respeito do que o concedido a um pobre-diabo, todos os meus colegas de quarto se puseram a rir. Felizmente para mim, o cirurgião, por amor-próprio, se responsabilizara por minha cura e estava naturalmente interessado por seu doente. Quando lhe falei de maneira coerente de minha antiga existência, esse honrado homem, chamado Sparchmann, fez registrar, nas formalidades jurídicas exigidas pelo direito do país, a maneira milagrosa como eu saíra da cova dos mortos, o dia e a hora em que fora encontrado por minha benfeitora e seu marido, o tipo e a posição exata de meus ferimentos, juntando a esses diferentes depoimentos uma descrição de minha pessoa. Pois bem, senhor, não tenho nem essas peças importantes nem a declaração que fiz num cartório de Heilsberg para estabelecer minha identidade! Desde o dia em que fui expulso dessa cidade pelos acontecimentos da guerra, vivi como um vagabundo, mendigando o pão, sendo chamado de louco quando contava minha aventura, sem conseguir um vintém para obter as certidões que poderiam provar minhas declarações e me devolver à vida social. Muitas vezes, minhas dores me retinham durante semestres inteiros em pequenas cidades nas quais se ministravam cuidados ao francês doente, mas nas quais as pessoas riam na cara deste homem quando ele afirmava ser o coronel Chabert. Durante muito tempo, esses risos, essas dúvidas, me deixaram furioso, o que me prejudicou e fez mesmo com que me encerrassem como louco em Stuttgart. Na verdade, como pode julgar por meu relato, havia razões suficientes para fazer encarcerar um homem! Depois dos dois anos de detenção que fui obrigado a sofrer, depois de ouvir milhares de vezes os guardas dizerem: "Eis aí um pobre coitado que acredita ser o coronel Chabert!" a pessoas que respondiam: "Pobre coitado!", acabei por me convencer da impossibilidade de minha própria aventura, me tornei triste, resignado, tranquilo e renunciei a declarar que era o coronel Chabert a fim de poder sair da prisão e rever a França. Ah, senhor, rever Paris! Era um delírio que eu não...

Nessa frase inacabada, o coronel Chabert caiu num devaneio profundo que Derville respeitou.

– Num belo dia, senhor – continuou o cliente –, num dia de primavera, me abriram as portas e me deram algumas moedas, alegando que eu falava sensatamente sobre todos os assuntos e não dizia mais ser o coronel Chabert. Para falar a verdade, naquela época, e ainda hoje em alguns momentos, o meu nome me é desagradável. Gostaria de não ser eu. A consciência de meus direitos me mata. Se minha doença me tivesse tirado toda a lembrança de minha existência passada, eu teria sido feliz! Teria me alistado novamente sob um nome qualquer e, quem sabe, me tornado talvez um marechal-de--campo na Áustria ou na Rússia.

– O senhor embaralha todas as minhas ideias – disse o advogado. – Pareço estar sonhando ao escutá-lo. Por favor, detenhamo-nos por um momento.

– O senhor é a única pessoa que me escutou pacientemente – disse o coronel com um ar melancólico. – Nenhum homem da lei quis me adiantar dez napoleões para fazer vir da Alemanha os papéis necessários para começar meu processo...

– Que processo? – disse o advogado, que esquecia a situação dolorosa do cliente ao ouvir o relato de suas misérias passadas.

– Esquece, senhor, que a condessa Ferraud é minha mulher? Ela possui trinta mil libras de renda que me pertencem e não quer me dar nenhum centavo. Quando digo essas coisas a advogados, a homens de bom senso; quando eu, mendigo, proponho mover uma ação contra um conde e uma condessa; quando eu, morto, me insurjo contra certidões de óbito, casamento e nascimento, eles me fazem sair, seja com a frieza cortês de quem quer se desembaraçar de um infeliz, seja com a brutalidade de quem julga deparar com um intrigante ou um louco. Fui enterrado sob mortos, mas agora sou enterrado sob os vivos, sob certidões e fatos, sob a sociedade inteira, que quer que eu volte para debaixo da terra!

– Senhor, queira prosseguir agora seu relato – disse o advogado.

– *Queira!* – exclamou o pobre velho, tomando a mão do jovem. – É a primeira expressão cortês que ouço desde...

O coronel chorou. A gratidão embargou sua voz. Essa penetrante e indizível eloquência que está no olhar, no gesto, no silêncio mesmo, acabou de convencer Derville e o tocou profundamente.

– Escute, senhor – disse ele ao cliente –, ganhei esta noite trezentos francos no jogo; posso perfeitamente empregar a metade dessa quantia para fazer a felicidade de um homem. Começarei as buscas e as diligências necessárias para obter os papéis de que me falou e, até que eles cheguem, lhe darei cem vinténs por dia. Se é o coronel Chabert, saberá perdoar a modicidade do empréstimo a um jovem que ainda busca fazer sua fortuna. Prossiga.

O suposto coronel permaneceu por um momento imóvel e estupefato: sua extrema infelicidade certamente lhe destruíra as crenças. Se ele corria atrás de seu reconhecimento militar, de sua fortuna, de si mesmo, era talvez em obediência àquele sentimento inexplicável, em germe no coração de todos os homens, ao qual devemos as pesquisas dos alquimistas, a paixão da glória, das descobertas da astronomia, da física, de tudo aquilo que leva o homem a se engrandecer, multiplicando-se pelos fatos ou pelas ideias. O *ego*, em seu pensamento, não era mais do que um objeto secundário, assim como a vaidade do triunfo ou o prazer de ganhar tornam-se mais importantes ao apostador do que o objeto da aposta. As palavras do jovem advogado, portanto, foram como um milagre para esse homem rejeitado durante dez anos por sua mulher, pela justiça, pela sociedade inteira. Ele encontrava na casa de um advogado aquelas dez moedas de ouro que lhe haviam sido recusadas durante tanto tempo, por tantas pessoas e de tantas maneiras! O coronel parecia aquela dama que, tendo vivido com febre durante quinze anos, acreditou ter mudado de doença no dia em que foi curada. Há felicidades nas quais não mais se crê; elas chegam como um raio e consomem tudo. Assim, a gratidão do pobre homem era demasiado intensa para que a pudesse exprimir. Ele teria parecido frio às pessoas superficiais, mas Derville adivinhou toda uma probidade nesse estupor. Um tratante teria falado.

– Onde eu estava? – disse o coronel com a ingenuidade de uma criança ou de um soldado, pois geralmente há algo de criança no verdadeiro soldado, e quase sempre um soldado na criança, sobretudo na França.

– Em Stuttgart. O senhor saía da prisão – respondeu o advogado.

– O senhor conhece minha mulher? – perguntou o coronel.

– Sim – replicou Derville, inclinando a cabeça.

– Como ela está?

– Sempre encantadora.

O velho fez um gesto com a mão e pareceu devorar alguma secreta dor, com aquela resignação grave e solene que caracteriza os homens experimentados no sangue e no fogo dos campos de batalha.

– Senhor – disse com uma espécie de alegria; pois ele respirava, o pobre coronel, saía uma segunda vez do túmulo, via derreter-se uma camada de neve menos solúvel do que a que outrora lhe gelara a cabeça e aspirava o ar como se deixasse um cárcere. – Senhor – disse ele –, se eu fosse então um rapaz bonito, nenhuma infelicidade teria me acontecido. As mulheres acreditam nos homens quando eles recheiam suas frases com a palavra amor. Então elas correm, vão, armam intrigas, afirmam os fatos, fazem o diabo por aquele que elas amam. Mas como eu poderia interessar a uma mulher? Eu tinha uma cara de réquiem, estava vestido como um mendigo, parecia mais um esquimó do que um francês, eu que, no passado, fui considerado como um dos homens mais elegantes em 1799! Eu, Chabert, conde do Império! Enfim, no mesmo dia em que me botaram na rua como um cão, encontrei o sargento a respeito de quem já lhe falei. O colega chamava-se Boutin. O pobre coitado e eu formávamos o mais belo par de maltrapilhos que jamais se viu. Avistei-o na rua; pude reconhecê-lo, mas ele não pôde adivinhar quem eu era. Fomos juntos a uma taverna. Ali, quando disse meu nome, a boca de Boutin se abriu numa gargalhada como um morteiro quando explode. Essa risada, senhor, me causou um de meus maiores desgostos. Ela revelava sem disfarce todas as mudanças que haviam sucedido comigo! Assim, eu estava irreconhecível, mesmo ao olhar do mais humilde e do mais grato de meus amigos! No passado, eu salvara a vida de Boutin, mas fora em troca de um serviço que eu lhe devia. Não lhe direi como ele me prestou esse serviço. O fato ocorreu na Itália, em Ravena. A casa onde Boutin impediu que eu fosse apunhalado não era uma casa muito decente. Naquela época, eu não era coronel, era um simples cavaleiro, como Boutin. Felizmente, essa história continha detalhes que só podiam ser conhecidos por nós dois, e, quando os recordei, sua incredulidade diminuiu. Depois, contei-lhe os acidentes da minha estranha existência. Embora minha voz e meus olhos estivessem, ele me disse, especialmente alterados, embora eu não tivesse mais cabelos, nem dentes, nem sobrancelhas, além de estar branco como um albino, Boutin acabou por reconhecer seu coronel no mendigo, depois de muitas perguntas às quais respondi vitoriosamente. Ele me contou suas aventuras, não menos extraordinárias do que as minhas: voltava dos confins da China, onde tentara penetrar após escapar da Sibéria. Soube por ele dos desastres da campanha da Rússia e da primeira abdicação de Napoleão. Essa notícia foi uma das coisas que mais me fizeram sofrer! Éramos dois destroços curiosos, depois de terem rolado pelo globo como rolam no oceano os seixos levados de uma margem a outra pelas tempestades. Entre os dois, havíamos visto o Egito, a Síria, a Espanha, a Rússia, a Holanda, a Alemanha, a Itália, a Dalmácia, a Inglaterra, a China, a Tartária, a Sibéria; faltava-nos apenas ter ido até a Índia e a América! Enfim: mais bem-conservado que eu, Boutin se encarregou de ir a Paris o mais rapidamente possível a fim de informar minha mulher do estado em que me encontrava. Escrevi à sra. Chabert uma carta bastante detalhada. Era a quarta, senhor! Se eu tivesse parentes, talvez nada disso teria acontecido; mas devo confessar que sou filho de pais desconhecidos, um soldado que tinha por patrimônio a coragem, por família o mundo, por pátria a França e por protetor o bom Deus. Não, não é verdade! Eu tinha um pai: o imperador! Ah! Se o grande homem estivesse de pé e visse o *seu Chabert*, como ele me chamava, no estado em que estou, como ficaria furioso. Mas o que fazer? Nosso sol se pôs, agora todos sentimos frio. De todo modo, os acontecimentos políticos podiam justificar o silêncio de minha mulher! Boutin partiu. Estava bem feliz, ele. Contava com dois ursos brancos muito bem-adestrados para sua sobrevivência. Não pude acompanhá-lo; minhas dores me impediam de fazer longas viagens. Chorei quando nos separamos, depois de andar com ele e seus ursos por um bom tempo, enquanto meu estado o permitiu. Em Carlsruhe, tive um acesso de nevralgia na cabeça e fiquei seis semanas deitado na palha de um albergue. Não haveria fim, senhor, se eu tivesse de lhe contar todas as desgraças de minha vida de mendigo. Mas os sofrimentos morais, junto aos quais empalidecem as dores físicas, provocam menos compaixão, porque ninguém os vê. Lembro-me de ter chorado diante de uma mansão de Estrasburgo, onde outrora ofereci uma festa e onde nada obtive, nem mesmo um pedaço de pão. Tendo combinado com Boutin o itinerário que faria, eu ia a cada agência do correio perguntar se havia uma carta e dinheiro para mim. Cheguei a Paris sem nada ter encontrado. Quantos desesperos não tive que devorar! "Boutin deve ter morrido", eu me dizia. De fato, o pobre coitado sucumbira em Waterloo. Soube de sua morte mais tarde e por acaso. Sua missão junto à minha mulher certamente não teve êxito. Enfim, entrei em Paris ao mesmo tempo que os cossacos. Para mim, era dor em cima de dor. Ao ver os russos na França, eu não pensava mais no fato de que não tinha nem sapatos nos pés nem dinheiro no bolso. Sim, senhor, minhas roupas estavam em farrapos. Na véspera de minha chegada, fui forçado a acampar nos bosques de Claye. A friagem da noite certamente foi a causa de alguma doença que me acometeu quando atravessei o arrabalde Saint-Martin. Caí quase desfalecido à porta de um ferreiro. Ao despertar, estava num leito da Santa Casa. Ali fiquei durante um mês, bastante feliz. Mas logo me deram alta. Eu estava sem dinheiro, mas bem de saúde e com os pés novamente na querida Paris. Com que alegria e presteza fui até a Rue du Mont-Blanc, onde minha mulher devia estar morando numa mansão que me pertencia. Mas a Rue du Mont-Blanc havia se transformado na Rue de la Chaussée d'Antin! Não encontrei mais minha mansão, fora vendida, demolida. Especuladores haviam construído várias casas em meus jardins. Ignorando que minha mulher se casara com o sr. Ferraud, não pude obter nenhuma informação. Fui, enfim, procurar um velho advogado que no passado se encarregara de meus negócios. Ele havia morrido, após ceder sua clientela a um jovem. Este me informou, para a minha grande supresa, a abertura de minha sucessão, sua liquidação, o casamento de minha mulher e o nascimento de seus dois filhos. Quando eu lhe disse ser o coronel Chabert, ele se pôs a rir tão francamente que fui embora sem fazer a menor observação. Minha detenção em Stuttgart me fez pensar no hospício de Charenton e resolvi agir com prudência.

Sabendo, então, onde morava minha mulher, me dirigi até lá, com o coração cheio de esperança. Pois bem – disse o coronel com um movimento de raiva concentrada –, só fui recebido quando me fiz anunciar sob um nome falso, e, no dia em que me apresentei com meu nome verdadeiro, bateram-me a porta na cara. Para ver a condessa de volta do baile ou do teatro, ao amanhecer, fiquei durante noites inteiras junto ao portão de entrada. Meu olhar penetrava na carruagem que passava diante de meus olhos com a rapidez de um relâmpago, e eu mal entrevia essa mulher que é minha e que não me pertence mais! Oh! Depois desse dia vivi para a vingança – exclamou o velho com uma voz surda, de repente erguendo-se diante de Derville. – Ela sabe que estou vivo; desde o meu regresso, recebeu duas cartas escritas por mim mesmo. Ela não me ama mais. De minha parte, não sei se a amo ou se a detesto! Há horas em que a desejo, outras em que a amaldiçoo. Ela me deve sua fortuna, sua felicidade; no entanto, não me concedeu sequer um pequeno auxílio! Em alguns momentos, não sei o que será de mim!

A essas palavras, o velho soldado voltou a se sentar na cadeira e ficou imóvel. Derville permaneceu em silêncio, ocupado em contemplar seu cliente.

– O caso é grave – disse ele, por fim, maquinalmente. – Mesmo admitindo a autenticidade dos papéis que devem estar em Heilsberg, nada me prova, de início, que possamos triunfar. O processo passará sucessivamente por três tribunais. É preciso refletir com calma sobre uma causa como essa, ela é inteiramente excepcional.

– Oh! – respondeu friamente o coronel, erguendo a cabeça num gesto de altivez. – Se eu sucumbir, saberei morrer, mas acompanhado.

E aí o velho desaparecia. Os olhos do homem enérgico voltavam a brilhar, acesos pelo fogo do desejo e da vingança.

– Será preciso talvez transigir – disse o advogado.

– Transigir? – repetiu o coronel. – Estou morto ou estou vivo?

– Espero que siga meus conselhos – retomou o advogado. – Sua causa será minha causa. Logo perceberá o interesse que tenho por sua situação, quase sem precedente nos anais da justiça. Enquanto espera, escreverei um bilhete ao meu notário que lhe dará, em troca de recibo, cinquenta francos a cada dez dias. Não seria conveniente que viesse buscar aqui um auxílio. Se é o coronel Chabert, não deve estar à mercê de ninguém. Darei a esses adiantamentos a forma de um empréstimo. O senhor tem bens a reaver, é um homem rico.

Essa última delicadeza arrancou lágrimas ao velho. Derville levantou-se bruscamente, pois talvez não fosse de costume um advogado se mostrar comovido; foi até seu gabinete, de onde voltou com uma carta não lacrada que entregou ao conde Chabert. Quando o pobre homem a segurou entre os dedos, ele sentiu duas moedas de ouro através do papel.

– Pode me indicar as certidões, dar o nome da cidade e o do reino? – disse o advogado.

O coronel ditou as informações, verificando a ortografia dos nomes de lugares; depois, pegou com uma das mãos o chapéu, olhou para Derville, estendeu-lhe a outra mão, uma mão calejada, e disse com uma voz simples: – Sinceramente, depois do imperador, o senhor é o homem a quem mais devo! O senhor é *um bravo*.

O advogado apertou a mão do coronel e o acompanhou até a escada, iluminando-lhe o caminho.

– Boucard – disse Derville a seu escrivão-chefe –, acabo de ouvir uma história que me custará talvez 25 luíses. Se ela for falsa, não lamentarei ter perdido esse dinheiro, pois terei visto o mais hábil ator de nossa época.

Quando o coronel se viu na rua e junto a um poste, ele retirou da carta as duas moedas de vinte francos que o advogado lhe dera e as contemplou por um momento à luz. Voltava a ver moedas de ouro pela primeira vez, depois de nove anos.

"Agora vou poder fumar charutos", disse a si mesmo.

Cerca de três meses depois dessa consulta noturna feita pelo coronel Chabert na casa de Derville, o notário encarregado de pagar a quantia que o advogado passava a seu singular cliente veio vê-lo para tratar de um assunto grave e começou por lhe reclamar seiscentos francos já dados ao velho militar.

– Está se divertindo então em sustentar o antigo exército? – disse, rindo, esse notário, chamado Crottat, um jovem que acabava de adquirir o escritório no qual era escrivão-chefe e cujo patrão fugira após entrar em falência.

– Eu lhe agradeço, meu caro – respondeu Derville –, por me lembrar desse caso. Minha filantropia não irá além de 25 luíses, e receio já ter sido vítima do meu patriotismo.

No momento em que Derville terminava a frase, ele viu sobre a mesa a correspondência que seu escrivão-chefe ali pusera. Seus olhos foram atraídos pelo aspecto dos selos oblongos, quadrados, triangulares, vermelhos, azuis, colados numa carta pelos correios prussiano, austríaco, bávaro e francês.

– Ah! – disse ele, rindo. – Aí está o desfecho da comédia, vamos ver se fui enganado.

Pegou a carta e a abriu, mas não pôde ler nada, ela estava escrita em alemão.

– Boucard, vá você mesmo fazer traduzir essa carta e volte logo – disse Derville, abrindo a porta do gabinete e estendendo a carta ao escrivão-chefe.

O notário de Berlim a quem se dirigira o advogado lhe anunciava que as certidões cujas expedições eram solicitadas chegariam alguns dias após essa carta de notificação. Os documentos, ele dizia, estavam perfeitamente em regra e providos das legalizações necessárias para prestar fé em juízo. Além disso, informava que quase todas as testemunhas dos fatos consignados nos autos se achavam em Prussich-Eylau e que a mulher a quem o conde Chabert devia a vida ainda vivia nos arredores de Heilsberg.

– A coisa está ficando séria – exclamou Derville quando Boucard terminou de ler o conteúdo da carta. – Escute aqui, meu caro – ele continuou, dirigindo-se ao notário –, vou precisar de informações que devem estar com você. Não foi no escritório daquele velho tratante do Roguin...

– Digamos o infortunado, o infeliz Roguin – disse Alexandre Cottat, rindo e interrompendo Derville.

– Não foi no escritório desse infortunado que acaba de surrupiar oitocentos mil francos de seus clientes e de reduzir várias famílias ao desespero que foi feita a liquidação da sucessão Chabert? Parece-me ter visto isso em nossa pasta Ferraud.

– Sim – respondeu Crottat –, eu era então o terceiro-escrevente, copiei e estudei bem essa liquidação. Rose Chapotel, esposa e viúva de Hyacinthe, dito Chabert, conde do Império, grande oficial da legião de honra; eles haviam se casado sem contrato, portanto em comunhão de bens. Ao que lembro, o ativo chegava a seiscentos mil francos. Antes do casamento, o conde Chabert fizera um testamento em favor dos asilos de Paris, pelo qual atribuía a quarta parte da fortuna que possuísse no momento de seu falecimento; o tesouro público ficaria com uma outra quarta parte. Houve licitação, venda e partilha, porque os advogados tinham pressa. No momento da liquidação, o monstro que governava então a França* destinou, por um decreto, a parte do fisco à viúva do coronel.

– Assim, a fortuna pessoal do conde Chabert não passaria de trezentos mil francos.

– Certo, meu caro – respondeu Crottat. – Vocês, advogados, têm às vezes o espírito justo, embora os acusem de falseá-lo porque defendem tanto o pró quanto o contra.

O conde Chabert, cujo endereço constava na base do primeiro recibo que o notário lhe passou, morava no bairro Saint-Marceau, na Rue du Petit-Banquier, na casa de um velho sargento de cavalaria da guarda imperial, e agora vendedor de leite, chamado Vergniaud. Ao chegar lá, Derville foi forçado a ir a pé em busca de seu cliente, pois o cocheiro se recusou a entrar numa rua não pavimentada e cujos buracos eram profundos demais para as rodas de um cabriolé. Olhando para todos os lados, o advogado acabou por encontrar, na parte dessa rua próxima ao bulevar, entre dois muros construídos com terra e ossadas, duas pilastras de pedra que a passagem de veículos havia danificado, apesar de dois pedaços de madeira ali colocados como marcos. Essas pilastras sustentavam uma viga coberta por uma fila de telhas, na qual estava escrito em

* Referência a Napoleão Bonaparte. (N.T.)

vermelho: *Vergniaud, leite e ovos*. À direita, viam-se, desenhados sobre um fundo branco, ovos e, à esquerda, uma vaca. A porta estava aberta e certamente ficava assim o dia todo. No fundo de um pátio bastante espaçoso, erguia-se, defronte ao portão, uma casa, se é que esse nome convém aos barracos construídos nos arrabaldes de Paris que não se parecem com nada, nem mesmo com as mais pobres habitações dos campos, das quais têm a miséria sem ter a poesia. É que, no meio dos campos, as cabanas têm ainda uma graça que lhes vem da pureza do ar, do verde, da visão da lavoura, de uma colina, de um caminho tortuoso, dos vinhedos, de uma cerca viva, do musgo dos telhados e dos utensílios campestres, enquanto em Paris a miséria só se destaca por seu horror. Embora de construção recente, essa casa parecia prestes a virar ruína. Nenhum dos materiais tivera ali sua verdadeira destinação, todos provinham das demolições que se fazem diariamente em Paris. Derville leu num postigo feito com as tábuas de um letreiro: *Bazar de novidades*. As janelas não se assemelhavam entre si e estavam dispostas de maneira bizarra. O andar de baixo, que parecia ser a parte habitável, ficava, de um lado, acima do solo, enquanto os quartos, do outro lado, estavam enterrados por uma elevação do terreno. Entre o portão e a casa, estendia-se uma poça cheia de estrume para onde corriam as águas pluviais e domésticas. Junto ao muro no qual se apoiava essa pobre moradia, e que parecia ser mais sólido do que os outros, havia gaiolas onde os coelhos faziam suas numerosas famílias. À direita da porta de entrada, achava-se o estábulo, que tinha no alto um celeiro de forragens e se comunicava com a casa por uma leiteria. À esquerda havia um galinheiro, uma estrebaria e uma pocilga que fora feita, como a casa, com madeiras brancas de má qualidade, pregadas umas sobre as outras e mal cobertas com junco. Como quase todos os lugares onde se preparam os elementos do grande festim que Paris devora diariamente, o pátio onde Derville pôs os pés apresentava os sinais da precipitação exigida pela necessidade de chegar na hora certa. As grandes vasilhas de lata abauladas, nas quais se transporta o leite, e os potes contendo a nata batida estavam atirados de qualquer jeito diante da leiteria, com suas tampas de tecido. Os trapos que seriam para enxugá-los flutuavam ao sol, estendidos em cordões amarrados a postes. Um cavalo pacífico, cuja raça só se encontra nas leiterias, dera uns passos à frente de sua carrocinha e permanecia diante da estrebaria, cuja porta estava fechada. Uma cabra pastava as folhas de vinha miúdas e empoeiradas que guarneciam a parede amarela e rachada da casa. Um gato estava agachado junto aos potes de nata, lambendo-os. As galinhas, assustadas à aproximação de Derville, puseram-se a correr, cacarejando, e o cão de guarda latiu.

"O homem que decidiu a vitória da batalha de Eylau deve estar aí!", pensou Derville, abarcando num só olhar o conjunto desse espetáculo ignóbil.

A casa estava sendo vigiada por três garotos. Um, trepado no toldo de uma carroça carregada de forragem verde, atirava pedras num cano de chaminé da casa vizinha, esperando que elas caíssem dentro da marmita. Um outro tentava empurrar um porco para dentro da carroça reclinada até o chão, enquanto um terceiro, na outra extremidade, esperava que o porco entrasse elevando a carroça como uma gangorra. Quando Derville perguntou se era ali que morava o sr. Chabert, ninguém respondeu, e os três o olharam com uma estupidez espirituosa, se é possível juntar essas duas palavras. Derville reiterou sua pergunta sem sucesso. Impaciente com o ar malicioso dos três moleques, disse-lhes aquelas injúrias divertidas que os moços se julgam no direito de dirigir às crianças, e os garotos romperam o silêncio com uma risada brutal. Derville se zangou. O coronel, que o ouviu, saiu de um pequeno quarto situado junto à leiteria e apareceu na soleira da porta, com uma fleuma militar inexprimível. Trazia à boca um cachimbo "bem queimado" (expressão técnica dos fumantes), um daqueles humildes cachimbos de barro branco chamados de "queima-goela". Levantou a aba de um boné horrivelmente ensebado, avistou Derville e atravessou o pátio enlameado para chegar mais depressa até seu benfeitor, gritando com voz amistosa aos garotos:

– Silêncio nas fileiras!

As crianças logo fizeram um silêncio respeitoso, que anunciava o domínio exercido sobre elas pelo velho soldado.

– Por que não me escreveu? – disse ele a Derville. – Siga ao longo do estábulo, ali o caminho é calçado! – exclamou ao observar a indecisão do advogado, que não queria pôr os pés na lama.

Saltando daqui para ali, Derville chegou até a soleira da porta por onde o coronel havia saído. Chabert pareceu aborrecido por ser obrigado a recebê-lo no quarto que ocupava. De fato, Derville percebeu que havia ali só uma cadeira. O leito do coronel consistia em alguns feixes de palha sobre os quais seu anfitrião estendera dois ou três velhos tapetes, recolhidos não se sabe onde, que servem às leiterias para guarnecer os bancos de suas carroças. O piso era simplesmente de terra batida. As paredes cobertas de salitre, esverdeadas e rachadas, espalhavam tanta umidade que aquela junto à qual dormia o corornel fora protegida por uma esteira de junco. O famoso capote pendia de um prego. Dois pares de botinas em mau estado jaziam num canto. Nenhum sinal de roupas de baixo. Sobre a mesa carunchada estavam abertos os *Boletins do grande exército*, reimpressos por Plancher, e pareciam ser a leitura do coronel, cuja fisionomia era calma e serena no meio daquela miséria. A visita que ele fizera à casa de Derville parecia ter mudado o caráter de suas feições, nas quais o advogado encontrou sinais de pensamentos felizes e o brilho particular de uma esperança.

A fumaça do cachimbo o incomoda? ele falou, estendendo ao advogado a cadeira em parte desempalhada.

– Mas, coronel, o senhor está muito mal acomodado aqui!

Essa frase de Derville era motivada pela desconfiança natural dos advogados e pela deplorável experiência, que adquirem muito cedo, dos terríveis dramas desconhecidos aos quais assistem.

“Eis aí um homem”, ele pensou, “que certamente empregou meu dinheiro para satisfazer as três virtudes teologais do soldado: o jogo, o vinho e as mulheres!”

– É verdade, senhor, não brilhamos aqui pelo luxo. É um acampamento temperado pela amizade, mas... (e aqui o soldado lançou um olhar profundo ao homem da lei) não faço mal a ninguém, nunca rechacei ninguém e durmo tranquilo.

O advogado pensou que seria indelicado pedir contas a seu cliente do dinheiro que lhe adiantara. E contentou-se em dizer:

– Por que não quis ficar em Paris, onde poderia viver tão modestamente como vive aqui, mas onde estaria melhor?

– Mas esta boa gente na casa de quem me abriguei – respondeu o coronel – me alimentou de graça durante um ano! Como poderia deixá-los no momento em que obtive um pouco de dinheiro? E o pai dos três garotos é também um velho *egípcio*...

– Como assim, egípcio?

– É como chamamos os soldados que voltaram da expedição ao Egito da qual tomei parte. Todos os que voltaram são um pouco irmãos, e ainda Vergniaud esteve no meu regimento, partilhamos nossa água no deserto. Além disso, ainda não terminei de ensinar a ler a seus moleques.

– Ele podia tê-lo alojado melhor, por conta de seu dinheiro.

– Ora! – disse o coronel. – Os filhos dele dormem como eu, sobre a palha! Ele e a mulher não possuem um leito melhor, são muito pobres, como está vendo! Assumiram um negócio acima de suas forças. Mas se eu recuperar minha fortuna... Enfim, isso basta!

– Coronel, devo receber amanhã ou depois suas certidões de Heilsberg. Sua salvadora ainda vive!

– Maldito dinheiro! E pensar que não o tenho! – ele exclamou, atirando o cachimbo ao chão.

Um cachimbo "bem queimado" é um cachimbo precioso para um fumante; mas seu gesto foi tão natural, e por um impulso tão generoso, que todos os fumantes, e mesmo a *Régie**, lhe perdoariam esse crime de lesa-tabaco. Os anjos talvez teriam juntado os pedaços.

---

* O departamento federal na França que controla a venda de tabaco, entre outros produtos. (N.T.)

– Coronel, seu caso é excessivamente complicado – disse Derville, saindo do quarto para caminhar ao sol, ao longo da casa.

– Ele me parece perfeitamente simples – replicou o soldado. – Achavam que eu estava morto e aqui estou! Devolvam minha mulher e minha fortuna; deem-me o posto de general a que tenho direito, pois fui promovido a coronel da guarda imperial na véspera da batalha de Eylau.

– As coisas não são assim no mundo judiciário – retomou Derville. – Escute-me, admito que o senhor é o conde Chabert, mas trata-se de provar isso a pessoas que terão o interesse de negar sua existência. Assim, suas certidões serão discutidas. Essa discussão acarretará dez ou doze questões preliminares. Todas irão contraditoriamente até a Corte Suprema e constituirão outros tantos processos onerosos, que se arrastarão por mais que eu me empenhe no caso. Seus adversários pedirão um inquérito que não poderemos recusar e que exigirá talvez uma carta precatória à Prússia. Mas suponhamos tudo pelo melhor: admitamos que a justiça reconheça prontamente que o senhor é o coronel Chabert. Saberemos como será julgada a questão levantada pela bigamia muito inocente da condessa Ferraud? No seu caso, o ponto de direito está fora do Código e os juízes só poderão julgá-lo de acordo com as leis da consciência, como faz o júri nas questões delicadas que envolvem situações singulares em alguns processos criminais. Ora, o senhor não teve filhos no seu casamento, e o conde Ferraud teve dois no dele; os juízes podem declarar nulo o casamento em que os laços são mais fracos, em favor do casamento cujos laços são mais fortes, desde que tenha havido boa-fé entre os contratantes. Acha que estará numa posição moral favorável, querendo obstinadamente ter, na sua idade e nas circunstâncias em que se encontra, uma mulher que não mais o ama? O senhor terá contra si sua mulher e o marido dela, duas pessoas poderosas que poderão influenciar os tribunais. Assim, o processo possui elementos que o farão prolongar-se. O senhor terá o tempo de envelhecer nos mais pungentes desgostos.

– E minha fortuna?

– Acredita que é uma grande fortuna?

– Eu não tinha trinta mil libras de renda?

– Meu caro coronel, o senhor fez em 1799, antes de seu casamento, um testamento que legava a quarta parte de seus bens aos asilos.

– É verdade.

– Pois bem, quando o deram por morto, não foi preciso fazer um inventário, uma liquidação, a fim de dar essa quarta parte aos asilos? Sua mulher não teve escrúpulos de enganar os pobres. O inventário, no qual certamente ela deixou de mencionar o dinheiro em espécie, as joias, no qual certamente declarou poucas pratarias e a mobília foi estimada dois terços abaixo do preço real, seja para favorecê-la, seja para pagar menos ao fisco, e também porque os comissários-avaliadores são responsáveis por suas estimativas, esse inventário estabeleceu seiscentos mil francos de valores. Por sua parte, a viúva tinha direito à metade. Tudo foi vendido e resgatado por ela, que se beneficiou em tudo, e os asilos ficaram com 75 mil francos. Além disso, como o fisco também herdava, já que o senhor não mencionou sua mulher no testamento, o imperador restituiu à viúva, por um decreto, a parte que cabia ao domínio público. Assim, a que tem direito o senhor? A trezentos mil francos apenas, menos as custas.

– E chama a isso justiça? – disse o coronel, aturdido.

– Mas, certamente...

– Bela justiça!

– Ela é assim, meu pobre coronel. Está vendo que o que julgou ser fácil não o é. A sra. Ferraud pode mesmo querer ficar com a parte que lhe foi dada pelo imperador.

– Mas ela não era viúva, o decreto é nulo...

– Concordo. Mas tudo se discute. Ouça: nessas circunstâncias, creio que uma transação seria, para o senhor e para ela, o melhor desfecho do processo. O senhor ganhará uma fortuna mais considerável do que aquela à qual teria direito.

– Isso seria vender minha mulher!

– Com 24 mil francos de renda, o senhor terá, na posição em que se encontra, mulheres que lhe convirão melhor que a sua e que o farão mais feliz. Pretendo visitar hoje a condessa Ferraud, a fim de sondar o terreno, mas não quis tomar essa iniciativa sem avisá-lo.

– Vamos juntos à casa dela...

– Assim do jeito que está? – disse o advogado. – Não, não, coronel. O senhor poderia perder completamente seu processo...

– Meu processo pode ser ganho?

– Em todos os pontos – respondeu Derville. – Mas o senhor não presta atenção a uma coisa, meu caro coronel. Não sou rico, meu doutoramento não está inteiramente pago. Se os tribunais lhe concederem uma *provisão*, isto é, uma quantia antecipada sobre sua fortuna, eles só a concederão após terem reconhecido suas qualidades de conde Chabert, grande oficial da legião de honra.

– É mesmo, sou grande oficial da legião de honra, eu havia esquecido – disse ele ingenuamente.

– Pois bem, até que isso ocorra – retomou Derville –, não é preciso pleitear, pagar advogados, custear os processos, fazer funcionar os oficiais de justiça e viver? As custas das instâncias preparatórias se elevarão, num cálculo aproximado, a doze ou quinze mil francos. Eu não os tenho, eu que sou esmagado pelos juros enormes que pago a quem me emprestou o dinheiro para o meu doutoramento. E o senhor, onde os encontrará?

Lágrimas brotaram dos olhos machucados do pobre soldado e escorreram por sua face enrugada. Diante dessas dificuldades, ele ficou desanimado. O mundo social e judiciário lhe pesava no peito como um pesadelo.

– Irei até o pé da coluna da Place Vendôme – ele falou – e bradarei: "Sou o coronel Chabert que impediu a vitória dos russos em Eylau!". O bronze me reconhecerá.

– E certamente o levarão ao hospício de Charenton.

Ante esse nome temido, a exaltação do militar cedeu.

– Será que eu não teria alguma chance favorável no Ministério da Guerra?

– Os gabinetes! – disse Derville. – Talvez sim, mas com uma sentença muito em regra que declare nula sua certidão de óbito. Os gabinetes fazem o possível para aniquilar os homens do Império.

O coronel ficou por um momento confuso, imóvel, olhando sem ver, mergulhado num desespero sem limites. A justiça militar é franca, rápida, decide à moda turca e julga quase sempre bem; essa justiça era a única que Chabert havia conhecido. Ao perceber o dédalo de dificuldades que tinha de enfrentar, ao compreender o quanto de dinheiro precisava para nele penetrar, o pobre soldado recebeu um golpe mortal naquela força particular ao homem chamada *vontade*. Pareceu-lhe impossível viver pleiteando, pareceu-lhe mil vezes mais simples permanecer pobre, mendigo, e alistar-se como cavaleiro, se algum regimento o aceitasse. Seus sofrimentos físicos e morais já lhe haviam danificado o corpo em alguns dos órgãos mais importantes. Ele beirava uma daquelas doenças para as quais a medicina não tem nome, cuja sede é, de certo modo, móvel como o sistema nervoso, que parece ser o mais vulnerável dentre todos os de nossa máquina, afecção que caberia chamar o *spleen* da infelicidade. Por mais grave que fosse esse mal invisível, mas real, ele era ainda curável por uma conclusão feliz. Para abalar completamente essa organização vigorosa, bastaria um obstáculo novo, um fato imprevisto que rompesse as molas enfraquecidas e produzisse aquelas hesitações, aqueles atos incompreendidos, incompletos, que os fisiologistas observam nos indivíduos arruinados pelos desgostos.

Reconhecendo, então, os sintomas de um profundo abatimento em seu cliente, Derville lhe disse:

– Vamos, coragem, a solução desse caso só pode lhe ser favorável. Apenas considere se pode me dar toda a sua confiança e aceitar cegamente o resultado que eu julgar ser o melhor para o senhor.

– Faça como quiser – disse Chabert.

– Mas está se entregando a mim como um homem que marcha para a morte!

– Não vou ficar sem estado civil, sem nome? Isso é tolerável?

– Não vejo assim – disse o advogado. – Demandaremos amigavelmente uma sentença para anular sua certidão de óbito e seu casamento a fim de que recupere seus direitos. Com a influência do conde Ferraud, será mesmo incorporado aos quadros do exército como general e terá certamente uma pensão.

– Está bem – respondeu Chabert –, confio inteiramente no senhor.

– Vou lhe enviar, então, uma procuração para assinar – disse Derville. – Adeus, e coragem! Se precisar de dinheiro, conte comigo.

Chabert apertou calorosamente a mão de Derville e ficou com as costas apoiadas contra a parede, sem forças para acompanhá-lo, a não ser com os olhos. Como todos os que compreendem pouco as questões judiciárias, ele se assustava com essa luta imprevista. Durante a conversa, por várias vezes aparecera, junto à pilastra do portão de entrada, a figura de um homem que aguardava na rua a saída de Derville e que o abordou quando ele saiu. Era um velho que vestia um casaco azul, um calção branco pregueado como o dos cervejeiros e um gorro de lontra na cabeça. Seu rosto era magro e enrugado, mas avermelhado e seco nos pômulos pelo excesso de trabalho ao ar livre.

– Desculpe, senhor – ele disse a Derville, detendo-o pelo braço –, se tomo a liberdade de lhe falar, mas suspeitei, ao vê-lo, que era o amigo do nosso general.

– Sim, mas em que isso lhe interessa? E quem é o senhor? – disse Derville, desconfiado.

– Sou Louis Vergniaud – ele respondeu. – Preciso lhe dizer duas palavras.

– Foi você que alojou o conde Chabert dessa maneira?

– Perdão, desculpe, senhor. Dei a ele o melhor quarto. Teria dado o meu se tivesse apenas um e teria me deitado no estábulo. Um homem que sofreu como ele, que ensina meus moleques a ler, um general, um *egípcio*, o primeiro tenente sob cujas ordens servi... Puxa! De todos, ele é o melhor acomodado. Dividi com ele o que eu tinha. Infelizmente, era pouca coisa, pão, leite, ovos. Enfim, foi como na guerra, de bom coração. Mas ele nos vexou.

– Ele?

– Sim, nos vexou, senhor, como se diz claramente. Ele sabia que assumi um negócio acima de minhas forças. Para me ajudar, passou a cuidar do cavalo. Eu disse a ele: "Mas meu general?". "Ora", ele disse, "não quero ficar aqui sem fazer nada e sei fazer isso bem." Eu havia assinado uns vales para pagar minha leiteria a um sujeito chamado Grados... O senhor conhece?

– Mas, meu caro, não tenho tempo para escutá-lo. Diga apenas como o coronel o vexou!

– Ele nos vexou, senhor; isso é tão certo quanto me chamo Louis Vergniaud, e tanto assim que minha mulher chorou. Ele soube pelos vizinhos que não tínhamos um vintém para pagar a dívida. O velho veterano, sem dizer nada, juntou tudo o que o senhor lhe deu, pegou o vale e pagou. Veja só! Minha mulher e eu sabíamos que o pobre velho não tinha tabaco e se privava de fumar! Mas agora, todas as manhãs, tem seus charutos, e eu faria muito mais por ele... Estamos vexados! Por isso, eu queria lhe propor que me emprestasse, pois ele nos disse que o senhor é um homem bom, uns cem escudos com a garantia de nosso estabelecimento a fim de podermos lhe mandar fazer roupas e mobiliar seu quarto. Ele achou que pagava nossa dívida, não é? Pois bem, está vendo que o velho, ao contrário, nos endividou... e vexou! Ele não devia ter feito uma coisa dessas. E, ainda por cima, vexando amigos! Palavra de honra, tão certo como me chamo Louis Vergniaud, eu me sentiria muito mal se não devolvesse a ele esse dinheiro...

Derville olhou o leiteiro, deu alguns passos para trás para tornar a ver a casa, o pátio, o estrume, o estábulo, os coelhos, as crianças.

"Por Deus, acredito que uma das características da virtude é não ser proprietário", ele pensou.

– Está bem, você terá os cem escudos, e até mais! Mas não sou eu que os darei, o coronel será bastante rico para ajudá-lo, e não quero lhe tirar esse prazer.

– E será em breve?

– Sim.

– Ah! Meu Deus, como minha esposa vai ficar contente!

E o rosto curtido do leiteiro pareceu se desanuviar.

"Agora", disse Derville a si mesmo, tornando a subir no cabriolé, "vamos à casa da adversária." Nada de abrir o jogo, procuremos conhecer o dela e ganhamos a partida num único lance. Seria conveniente assustá-la? Ela é mulher. Com o que mais se assustam as mulheres? Mas as mulheres só se assustam com...

Pôs-se a estudar a posição da condessa e entrou numa daquelas meditações a que se entregam os grandes políticos quando concebem seus planos, buscando adivinhar o segredo dos gabinetes inimigos. Não são os advogados, de certo modo, os homens de Estado encarregados dos assuntos privados? Uma vista de olhos sobre a situação do conde Ferraud e de sua mulher é aqui necessária para fazer compreender o talento do advogado.

O conde Ferraud era o filho de um ex-conselheiro do Parlamento de Paris que emigrara durante o Terror, perdendo a fortuna para salvar a cabeça. Retornou durante o consulado e permaneceu constantemente fiel aos interesses de Luís XVIII, em cujo séquito estivera seu pai antes da Revolução. Pertencia, portanto, àquele setor do Faubourg Saint-Germain que resistiu nobremente às seduções de Napoleão. A reputação da capacidade obtida pelo jovem conde, então simplesmente chamado sr. Ferraud, fez que ele fosse objeto das atenções do imperador, que geralmente se alegrava tanto com suas conquistas sobre a aristocracia quanto com a vitória de uma batalha. Prometeram ao conde a restituição de seu título, a de seus bens não vendidos, acenaram-lhe a possibilidade de um ministério, de um cargo de senador. O imperador fracassou. No momento da anunciada morte do conde Chabert, o sr. Ferraud era um jovem de 26 anos, sem fortuna, dotado de um físico agradável, bem-sucedido e adotado como uma das glórias do Faubourg Saint-Germain. Quanto à condessa Chabert, ela soubera tirar tão bom partido da sucessão do marido que, dezoito meses após ter enviuvado, possuía cerca de quarenta mil libras de renda. Seu casamento com o jovem conde não foi uma novidade para as rodas do Faubourg Saint-Germain. Feliz com esse casamento que respondia a suas ideias de fusão*, Napoleão devolveu à sra. Chabert a parte herdada pelo fisco na sucessão do coronel, mas a esperança de Napoleão foi mais uma vez frustrada. A sra. Ferraud não via no jovem apenas o amante, ela também fora seduzida pela ideia de entrar naquela sociedade desdenhosa que, mesmo humilhada, dominava a corte imperial. Tanto suas vaidades quanto suas paixões se satisfaziam nesse casamento. Ela se tornaria uma mulher *comme il faut***. Quando o Faubourg Saint-Germain soube que o casamento do jovem conde não era uma deserção, os salões se abriram para sua mulher. Veio a Restauração. A ascensão política do jovem conde não foi rápida. Ele compreendia as exigências da posição na qual se encontrava Luís XVIII, era um daqueles iniciados que esperavam *que o abismo das revoluções fosse fechado*, pois essa frase da realeza, da qual tanto zombavam os liberais, continha um sentido político. No entanto, o decreto citado pelos escreventes na longa frase que começa esta história restituíra-lhe duas florestas e uma terra cujo valor aumentara consideravelmente durante o sequestro. Nesse momento, embora o conde Ferraud fosse conselheiro de Estado e diretor-geral, ele considerava sua posição apenas como o começo de sua ascensão política. Preocupado com as tarefas de uma ambição devoradora, ele contratou como secretário um ex-advogado arruinado chamado Delbecq, homem muito habilidoso, que conhecia perfeitamente os recursos da chicana e a quem entregou a direção de seus negócios privados. O astuto secretário compreendeu bem sua posição na casa do conde para ser honesto por cálculo. Esperava beneficiar-se com o crédito do patrão, cuja fortuna era o objeto de todos os seus cuidados. Sua conduta desmentia de tal maneira sua vida anterior que era tido como um homem caluniado. Com o tato e a sutileza de que são dotadas quase todas as mulheres,

---

* Segundo Balzac, tanto Napoleão quanto Luís XVIII desejavam a aliança das classes sociais na França posterior à Revolução. (N.T.)

** Balzac emprega essa expressão, que se traduz por "como convém", para designar o novo tipo de mulher mundana que triunfa na França após 1830. (N.T.)

a condessa, que adivinhara seu intendente, o vigiava com habilidade e sabia manejá-lo tão bem que já havia tirado um bom partido dele para o aumento de sua fortuna particular. Soubera persuadir Delbecq de que ela governava o sr. Ferraud e lhe prometera sua nomeação como presidente de um tribunal de primeira instância numa das mais importantes cidades da França se ele se devotasse inteiramente a seus interesses. A promessa de um cargo inamovível, que lhe permitiria casar-se vantajosamente e conquistar mais tarde uma posição elevada na carreira política como deputado, fez de Delbecq a alma danada da condessa. Ele não deixou que ela perdesse nenhuma das ocasiões favoráveis que os movimentos da bolsa e a alta das propriedades apresentaram em Paris às pessoas espertas durante os três primeiros anos da Restauração. Triplicou os capitais de sua protetora, com tanto mais facilidade quanto a condessa considerou bons todos os meios de elevar rapidamente sua fortuna. Ela empregava os emolumentos dos cargos ocupados pelo conde para as despesas da casa, a fim de poder capitalizar seus rendimentos, e Delbecq se prestava a essa avareza sem indagar seus motivos. Esse tipo de gente só se preocupa com os segredos cuja descoberta é necessária a seus próprios interesses. Aliás, ele achava tão natural essa sede de ouro de que são possuídas a maior parte das parisienses, e era preciso uma fortuna tão grande para apoiar as pretensões do conde Ferraud, que o intendente acreditava, às vezes, perceber na avidez da condessa um efeito de sua devoção pelo homem por quem ela continuava sempre apaixonada. A condessa havia enterrado os segredos de sua conduta no fundo do coração. Ali jaziam segredos de vida e de morte para ela, ali estava precisamente a intriga desta história.

No começo do ano de 1818, a Restauração foi estabelecida sobre bases aparentemente inabaláveis; suas doutrinas governamentais, compreendidas pelos espíritos elevados, pareciam ter o dever de trazer para a França uma era de prosperidade nova no momento em que a sociedade parisiense mudava de face. Assim, o acaso levou a condessa a fazer um casamento ao mesmo tempo de amor, de fortuna e de ambição. Ainda jovem e bela, a sra. Ferraud desempenhou o papel de uma mulher da moda e viveu na atmosfera da corte. Rica por si mesma, rica por seu marido que, tido como um dos homens mais capazes do partido realista e amigo do rei, parecia destinado a um ministério, ela pertencia à aristocracia, partilhava seu esplendor. Mas, no meio desse triunfo, foi acometida de um câncer moral. Há sentimentos que as mulheres adivinham, apesar do cuidado com que os homens procuram ocultá-los. Por ocasião do primeiro retorno do rei, o conde Ferraud começou a se arrepender de seu casamento. A viúva do coronel Chabert não o aliara a ninguém, ele estava sozinho e sem apoio para se conduzir numa carreira cheia de obstáculos e de inimigos. Além disso, quando a pôde julgar friamente, reconheceu nela alguns vícios de educação que a tornavam imprópria a secundá-lo em seus projetos. Uma frase dita por ele a propósito do casamento de Talleyrand esclareceu a condessa, para a qual ficou provado que, se seu casamento estivesse por se fazer, ela nunca teria sido a sra. Ferraud. Esse arrependimento, que mulher o perdoaria? Não contém ele todas as injúrias, todos os crimes, todos os repúdios em germe? E que chaga não devia causar essa frase no coração da condessa, se supusermos seu temor de ver voltar o primeiro marido! Ela sabia que ele vivia e o rejeitara. Depois, durante o tempo em que não ouviu mais falar dele, comprazia-se em acreditá-lo morto em Waterloo, com as águias imperiais, em companhia de Boutin. No entanto, concebeu ligar-se ao conde pelo mais forte dos laços, o laço do ouro, e quis ser tão rica que sua fortuna tornasse o segundo casamento indissolúvel, se por acaso o conde Chabert reaparecesse. E ele reapareceu, sem que ela compreendesse por que a luta que temia ainda não havia começado. Talvez os sofrimentos e a doença a tivessem livrado desse homem. Talvez ele estivesse meio louco, e Charenton podia, então, encarregar-se dele. Ela não quis colocar Delbecq nem a polícia a par de seu segredo, temendo ficar à mercê de alguém ou precipitar a catástrofe. Existem em Paris muitas mulheres que, como a condessa Ferraud, vivem com um monstro moral desconhecido ou andam à beira de um abismo; elas formam como um calo no lugar da ferida e podem ainda rir e se divertir.

"Há algo de muito estranho na situação do conde Ferraud", disse Derville a si mesmo ao sair de seu longo devaneio, no momento em que o cabriolé se detinha na Rue de Varenne, à porta da mansão Ferraud. "Como é que ele, sendo rico e amado pelo rei, não é ainda par de França? Pode ser que a política do rei, como me dizia a sra. de Grandlieu, seja dar uma grande importância ao pariato, sem prodigalizá-lo. Aliás, o filho de um conselheiro do Parlamento não pertence à família Crillon nem à Rohan. O conde Ferraud não pode entrar na câmara alta a não ser sub-repticiamente. Mas, se seu casamento fosse anulado, não poderia ele se beneficiar, para a grande satisfação do rei, com o pariato de um desses velhos senadores que só têm filhas? Eis aí uma boa história a explorar, a fim de assustar nossa condessa", disse consigo ao subir a escadaria.

Derville havia, sem saber, posto o dedo na ferida secreta, enterrado a mão no câncer que devorava a sra. Ferraud. Foi recebido numa bonita sala de jantar de inverno, onde ela fazia o desjejum enquanto brincava com um macaco preso por uma corrente a um pequeno poste guarnecido de bastões de ferro. A condessa estava envolvida num elegante penhoar, os cachos de seus cabelos, atados negligentemente, escapavam de uma touca que lhe dava um ar brejeiro. Estava bem-disposta e sorridente. A prata, o verniz e o nácar cintilavam sobre a mesa, e havia ao redor dela flores curiosas plantadas em magníficos vasos de porcelana. Ao ver a mulher do conde Chabert, enriquecida com seu espólio, vivendo no luxo e na alta sociedade, enquanto o infeliz vivia na casa de um pobre leiteiro entre animais, o advogado pensou: "A moral disso é que uma mulher bonita nunca há de querer reconhecer o marido, nem mesmo o amante, num homem com um velho capote, peruca suja e sapatos furados". Um sorriso malicioso e mordaz exprimiu as ideias em parte filosóficas, em parte zombeteiras, que não podiam deixar de vir a um homem tão bem colocado para conhecer o fundo das coisas, apesar das mentiras sob as quais a maioria das famílias parisienses esconde sua existência.

– Bom dia, sr. Derville – disse ela, continuando a dar café ao macaco.

– Senhora – ele falou bruscamente, pois ficou chocado com o tom leviano com que a condessa lhe disse "Bom dia, sr. Derville" –, venho lhe falar de um assunto bastante grave.

– Estou *desesperada*, pois o sr. conde está ausente...

– E a mim isso encanta, senhora. Seria *desesperador* que ele assistisse à nossa conversa. Aliás, sei por Delbecq que a senhora mesma gosta de tratar de seus assuntos, sem aborrecer o sr. conde.

– Então, vou mandar chamar Delbecq – disse ela.

– Seria inútil, apesar da habilidade dele – retrucou Derville. – Escute, senhora, uma frase será o suficiente para deixá-la séria. O conde Chabert está vivo.

– É dizendo tais gracejos que quer me deixar séria? – ela falou, dando uma risada.

Mas a condessa logo foi dominada pela estranha lucidez do olhar fixo com que Derville a interrogava, parecendo ler o fundo de sua alma.

– Senhora – ele respondeu com uma gravidade fria e penetrante –, certamente ignora a extensão dos perigos que a ameaçam. Não lhe falarei da incontestável autenticidade dos documentos nem da certeza das provas que atestam a existência do conde Chabert. Não sou homem que se encarrega de uma causa perdida, como sabe. Se se opuser ao nosso pedido de anulação da certidão de óbito, perderá o primeiro processo, e essa questão resolvida em nosso favor nos fará ganhar todas as outras.

– Mas, afinal, de que pretende me falar?

– Nem do coronel, nem da senhora. Tampouco lhe falarei das evocações que advogados espirituosos poderiam fazer, armados dos fatos curiosos dessa causa e do partido que poderiam tirar das cartas que recebeu de seu primeiro marido, antes da celebração de seu casamento com o segundo.

– Isso é falso! – ela disse com toda a violência de uma mulher presumida. – Nunca recebi cartas do conde Chabert; e, se alguém diz que é o coronel Chabert, só pode ser um intrigante, um condenado às galés libertado, como Coignard. Fico arrepiada só de pensar nisso. Como pode o coronel ressuscitar, senhor? Bonaparte me enviou suas condolências por um ajudante de campo, e recebo ainda hoje os três mil francos de pensão concedidos à viúva pela Câmara. Tive mil vezes razão de repelir todos os Chabert que vieram, assim como vou repelir todos os que vierem.

– Felizmente, estamos a sós, senhora. Podemos mentir à vontade – disse ele friamente, divertindo-se em espicaçar a cólera que agitava a condessa a fim de lhe arrancar algumas indiscrições por uma manobra comum aos advogados, acostumados a permanecer calmos quando seus adversários ou seus clientes se exaltam.

"Pois bem, vamos lá", ele disse a si mesmo, ao imaginar na mesma hora uma armadilha que demonstraria à condessa sua fraqueza.

– A prova da entrega da primeira carta existe, senhora – continuou em voz alta –, ela continha valores...

– Oh! Quanto a valores, não continha nenhum.

– Então recebeu essa primeira carta – prosseguiu Derville, sorrindo. – A senhora cai na primeira armadilha que um advogado lhe estende e acredita poder lutar com a justiça...

A condessa corou, empalideceu, escondeu o rosto entre as mãos. Depois, sacudiu a vergonha e continuou, com o sangue-frio natural a esse tipo de mulheres:

– Já que é o advogado do pretenso Chabert, tenha a bondade de...

– Senhora – disse Derville, interrompendo-a –, neste momento sou ainda tanto o seu advogado quanto o do coronel. Acha que quero perder uma cliente tão preciosa como a senhora? Mas a senhora não me escuta...

– Fale, senhor – disse ela graciosamente.

– Sua fortuna lhe veio do conde Chabert, e a senhora o rejeitou. Sua fortuna é colossal, e a senhora o deixa mendigar.

Os advogados, senhora, são muito eloquentes quando as causas são eloquentes por elas mesmas; há aqui circunstâncias capazes de levantar contra si a opinião pública.

– Mas, senhor – disse a condessa, impacientada com a maneira pela qual Derville a virava e revirava sobre a grelha –, mesmo admitindo que o seu sr. Chabert está vivo, os tribunais manterão meu segundo casamento por causa dos filhos, e estarei quite ao devolver 225 mil francos ao sr. Chabert.

– Senhora, não sabemos de que lado os tribunais verão a questão sentimental. Se de um lado temos a mãe e seus filhos, de outro temos um homem acabrunhado de desgraças, envelhecido por sua causa, por sua recusa. Onde ele encontrará uma esposa? E podem os juízes infringir a lei? Seu casamento com o coronel tem a favor dele o direito, a prioridade. E, se a senhora for apresentada sob cores odiosas, poderá encontrar um adversário que não espera. É desse perigo que eu gostaria de preservá-la.

– Um novo adversário? – disse ela. – Quem?

– O sr. conde Ferraud, senhora.

– O sr. Ferraud tem uma afeição muito forte por mim e, pela mãe de seus filhos, um grande respeito...

– Não diga essas bobagens a advogados acostumados a ler no fundo dos corações – disse Derville, interrompendo-a. – Neste momento, o sr. Ferraud não tem a menor vontade de romper seu casamento e estou convencido de que a adora; mas se alguém lhe disser que seu casamento pode ser anulado, que sua esposa será acusada de criminosa no tribunal da opinião pública...

– Ele me defenderia.

– Não, senhora.

– Que razão ele teria para me abandonar?

– A de casar com a filha única de um par de França, cujo pariato lhe seria transmitido por decreto do rei...

A condessa empalideceu.

"Chegamos ao ponto!", disse Derville consigo mesmo. "Peguei-a, o caso do pobre coronel está ganho."

– Aliás, senhora – continuou em voz alta –, ele teria tanto menos remorsos quanto um homem coberto de glória, general, conde, grande oficial da legião de honra, não é um joão-ninguém; e se esse homem lhe exigisse de volta sua mulher...

– Basta, basta! – disse ela. – Nunca terei outro advogado senão o senhor. O que fazer então?

– Transigir! – disse Derville.

– Ele ainda me ama?

– Não creio que possa ser de outro modo.

A essa frase, a condessa ergueu a cabeça. Um brilho de esperança cintilou em seus olhos; ela contava talvez especular com a ternura do primeiro marido para ganhar o processo por alguma astúcia de mulher.

– Aguardarei suas ordens, senhora, para saber se devo notificá-la ou se quer vir à minha casa para estabelecermos as bases de uma transação – disse Derville, despedindo-se da condessa.

Oito dias após as duas visitas que Derville fizera, e numa bela manhã do mês de junho, os esposos, separados por um acaso quase sobrenatural, partiram de dois pontos, os mais opostos de Paris, para se encontrar no escritório do advogado de ambos. Os adiantamentos generosos feitos por Derville ao coronel permitiram que este se apresentasse convenientemente. Assim, o defunto chegou bem-vestido, transportado num cabriolé. Tinha a cabeça coberta por uma peruca apropriada à sua fisionomia, usava um terno azul, camisa branca, e ostentava no peito a fita vermelha dos grandes oficiais da legião de honra. Ao retomar os hábitos da riqueza, ele recuperava sua antiga elegância marcial. Mantinha-se ereto. Seu rosto, grave e misterioso, no qual transpareciam a felicidade e todas as suas esperanças, parecia rejuvenescido e mais cheio, para tomar da pintura uma de suas expressões mais pitorescas. Nenhuma semelhança com o Chabert do velho capote, assim como um vintém não se assemelha a uma moeda de quarenta francos recentemente cunhada. Ao vê-lo, os passantes teriam facilmente reconhecido nele um daqueles belos destroços de nosso antigo exército, um daqueles homens heroicos nos quais se reflete nossa glória nacional e que a representam como um caco de espelho iluminado pelo sol parece refletir todos os seus raios. Esses velhos soldados são ao mesmo tempo quadros e livros. Quando desceu do veículo para subir até o escritório de Derville, o conde saltou ligeiramente, como teria feito um homem jovem. Assim que seu cabriolé partiu, chegou um elegante cupê ornado de brasões, trazendo a condessa Ferraud. Ela usava um vestido simples, mas habilmente calculado para mostrar a juventude de seu busto. Trazia na cabeça um belo chapéu cor-de-rosa que lhe enquadrava perfeitamente o rosto e o realçava, dissimulando os contornos. Mas, se os clientes haviam rejuvenescido, o escritório continuava sendo o que era e oferecia o aspecto descrito no começo desta história. Simonnin fazia um lanche, com o ombro apoiado na janela que estava então aberta, e olhava o azul do céu pela abertura do pátio cercado de quatro prédios escuros.

– Ah! – exclamou – Quem quer apostar, valendo um espetáculo, que o coronel Chabert é general e condecorado?

– O patrão é um grande feiticeiro! – disse Godeschal.

– Então, desta vez não lhe pregaremos uma peça? – perguntou Desroches.

– A mulher dele se encarregará disso! – falou Boucard.

– A condessa Ferraud seria, então, obrigada a ter dois maridos – observou Godeschal.

– Aí vem ela! – disse Simonnin.

Neste momento, o coronel entrou e perguntou por Derville.

– Ele está, senhor conde – respondeu Simonnin.

– Então não é surdo, seu patifezinho? – disse Chabert, pegando o garoto de recados pela orelha e torcendo-a para a satisfação dos escreventes, que se puseram a rir e olharam o coronel com a curiosa consideração devida a esse estranho personagem.

O conde Chabert estava no gabinete de Derville no momento em que sua mulher entrou pela porta do escritório.

– Que cena estranha vai se passar no gabinete do patrão, não é, Boucard? Aí está uma mulher que pode ir nos dias pares à casa do conde Ferraud e nos dias ímpares à casa do conde Chabert.

– Nos anos bissextos – disse Godeschal – a conta estará certa.

– Calem-se, rapazes, podem nos ouvir – disse severamente Boucard. – Nunca vi um escritório em que gracejassem com os clientes como vocês fazem.

Derville fizera o coronel entrar em seu quarto quando a condessa se apresentou.

– Senhora – disse a ela –, não sabendo se lhe seria agradável ver o conde Chabert, preferi separá-los. No entanto, se desejar...

– É uma atenção que lhe agradeço, senhor.

– Preparei a minuta de um documento cujas condições poderão ser discutidas pela senhora e pelo sr. Chabert no decorrer da sessão. Irei alternadamente da senhora até ele para apresentar, a ambos, suas razões respectivas.

– Vejamos, senhor – disse a condessa, deixando escapar um gesto de impaciência.

Derville leu.

"Entre os abaixo-assinados,

Sr. Hyacinthe, *dito Chabert*, conde, marechal de campo e grande oficial da legião de honra, domiciliado em Paris, Rue du Petit-Banquier, de um lado;

E a sra. Rose Chapotel, esposa do sr. conde de Chabert, acima citado, nascida..."

– Deixemos os preâmbulos de lado – ela falou –, vamos às condições.

– Senhora – disse o advogado –, o preâmbulo explica sucintamente a situação em que ambos se encontram. Além disso, pelo artigo primeiro, a senhora reconhece, em presença de três testemunhas, que são dois notários e o leiteiro em cuja casa reside seu marido, aos quais confiei em segredo esse caso e que guardarão o mais profundo silêncio, a senhora reconhece, repito, que o indivíduo designado nas certidões anexadas a este documento, e cujo teor é também estabelecido numa ata feita no cartório de Alexandre Crottat, seu notário, é o conde Chabert, seu primeiro esposo. Pelo artigo segundo, o conde Chabert, no interesse da felicidade da senhora, se compromete a só fazer uso de seus direitos nos casos previstos pelo próprio documento. E esses casos – disse Derville, abrindo uma espécie de parêntese – não são outros senão a não execução das cláusulas deste convênio secreto. Por seu lado – prosseguiu –, o sr. Chabert consente em pedir, de acordo com a senhora, um julgamento que anulará sua certidão de óbito e pronunciará a dissolução de seu casamento.

– Isso não me convém de modo algum – disse a condessa, espantada –, não quero processos. O senhor sabe por quê.

– Pelo artigo terceiro – disse o advogado, continuando com uma fleuma imperturbável –, a senhora se compromete a constituir em nome de Hyacinthe, conde Chabert, uma renda vitalícia de 24 mil francos, inscrita nos livros da dívida pública, mas cujo capital lhe será devolvido no caso da morte dele...

– Mas é muito caro! – disse a condessa.

– Aceita transigir por menos?

– Talvez.

– O que deseja então, senhora?

– Quero... não quero processos, quero...

– Que ele continue morto – disse Derville vivamente, interrompendo-a.

– Senhor – disse a condessa –, se for preciso pagar 24 mil libras de renda, contestaremos...

– Sim, contestaremos – exclamou com uma voz surda o coronel, que abriu a porta e apareceu de repente diante da mulher, com uma das mãos no colete e a outra estendida para o soalho, um gesto ao qual a lembrança de sua aventura dava uma horrível energia.

"É ele", disse a si mesma a condessa.

– Muito caro! – retomou o velho soldado. – Eu lhe dei aproximadamente um milhão e você regateia com minha infelicidade. Pois bem, exijo agora sua pessoa e sua fortuna. Nossos bens são comuns, e nosso casamento não cessou...

– Mas o senhor não é o coronel Chabert – exclamou a condessa, fingindo surpresa.

– Ah! Está querendo provas? – disse o velho num tom profundamente irônico. – Eu a recolhi no Palais-Royal...

Ao ver a condessa empalidecer sob seu ruge, o velho soldado, tocado pelo sofrimento que impunha a uma mulher outrora amada com ardor, deteve-se; porém, recebeu um olhar tão venenoso que retomou imediatamente:

– Você estava na casa da...

– Por favor – disse a condessa ao advogado –, permita que eu me retire. Não vim aqui para ouvir semelhantes horrores.

Levantou-se e saiu. Derville precipitou-se atrás dela, que desapareceu como se tivesse asas. De volta ao seu gabinete, o advogado encontrou o coronel num violento acesso de raiva, dando grandes passos de um lado a outro.

– Naquele tempo, cada um ia buscar sua mulher onde queria – ele falou. – Mas cometi um erro ao escolhê-la, confiando nas aparências. Ela não tem coração.

– Pois bem, coronel, eu não tinha razão em lhe pedir que não viesse? Agora estou certo de sua identidade. Quando se mostrou, a condessa fez um gesto cujo sentido era inequívoco. Mas o senhor perdeu seu processo, agora sua mulher sabe que está irreconhecível!

– Eu a matarei...

– Loucura! Seria preso e guilhotinado como um miserável. Aliás, é possível que errasse o tiro, o que seria imperdoável: nunca se deve falhar quando se quer matar sua mulher. Deixe-me reparar essa tolice, seu bobo! Vá embora. E cuide-se, ela seria capaz de fazê-lo cair numa armadilha para encerrá-lo em Charenton. Vou notificá-la de nossa ação a fim de protegê-lo contra alguma surpresa.

O pobre coronel obedeceu a seu jovem benfeitor e saiu balbuciando desculpas. Descia lentamente os degraus da escada, perdido em pensamentos sombrios, talvez arrasado pelo golpe que acabava de receber, para ele o mais cruel, o mais profundamente enterrado no coração, quando ouviu, ao chegar ao último patamar, o roçar de um vestido, e sua mulher apareceu.

– Venha, senhor – ela falou, tomando-o pelo braço num gesto semelhante aos que lhe eram familiares outrora.

O gesto da condessa, o acento de sua voz que voltava a ser graciosa foram suficientes para acalmar a cólera do coronel, que se deixou conduzir até a carruagem.

– Vamos, suba! – disse-lhe a condessa, quando o lacaio baixou o estribo.

E ele se viu, como por encantamento, sentado junto à sua mulher no cupê.

– Para onde vamos, madame? – perguntou o lacaio.

– Para Groslay– ela respondeu.

Os cavalos partiram e atravessaram Paris inteira.

– Senhor! – disse a condessa ao coronel, com um tom de voz que revelava uma daquelas emoções raras na vida e pelas quais tudo em nós se agita.

Nesses momentos, coração, fibras, nervos, fisionomia, alma e corpo, cada poro mesmo estremece. A vida não parece mais estar em nós; ela sai e jorra, transmite-se como um contágio, pelo olhar, pelo acento da voz, pelo gesto, impondo nossa vontade aos outros. O velho soldado estremeceu ao ouvir essa única palavra, esse primeiro e terrível "Senhor!". Mas era também uma censura, uma prece, um perdão, uma esperança, um desespero, uma interrogação, uma resposta. Era preciso ser atriz para pôr tanta eloquência, tantos sentimentos numa palavra. A verdade não é tão completa em sua expressão, ela não coloca tudo fora, mas deixa ver o que está dentro. O coronel sentiu mil remorsos por suas suspeitas, suas demandas, sua cólera, e baixou os olhos para não deixar transparecer sua perturbação.

– Senhor – prosseguiu a condessa após uma pausa imperceptível –, eu o reconheci perfeitamente!

– Rosine – disse o velho soldado –, essa frase contém o único bálsamo que pode me fazer esquecer minhas desgraças.

Duas lágrimas escorreram, ainda quentes, sobre as mãos de sua mulher, que ele apertou para exprimir uma ternura paterna.

– Senhor – ela prosseguiu –, como não adivinhou que me custava horrivelmente aparecer diante de um estranho numa posição tão falsa como é a minha? Se devo me envergonhar de minha situação, que seja ao menos em família. Esse segredo não devia ficar sepultado em nossos corações? Por certo, absolverá, espero, minha aparente indiferença pelas desgraças de um Chabert em cuja existência eu não devia acreditar. Recebi suas cartas – disse ela vivamente ao perceber no rosto do marido a objeção que ali se exprimia –, mas elas chegaram a mim treze meses após a batalha de Eylau; estavam abertas, sujas, a letra era irreconhecível, e precisei acreditar, após ter obtido a assinatura de Napoleão no meu novo contrato de casamento, que um hábil intrigante queria zombar de mim. Para não perturbar o repouso do conde Ferraud e não alterar os laços da família, tive então que tomar precauções contra um falso Chabert. Diga, eu não tinha razão?

– Sim, você teve razão, eu que fui um tolo, um animal, um estúpido, por não ter sabido calcular melhor as consequências de tal situação. Mas para onde estamos indo? – disse o coronel ao avistar a barreira de La Chapelle.

– À minha casa de campo, perto de Groslay, no vale de Montmorency. Ali, senhor, refletiremos juntos sobre a decisão que devemos tomar. Conheço meus deveres. Se sou sua de direito, não lhe pertenço mais de fato. Por certo, não deseja que sejamos objeto de falatório de Paris inteira! Não façamos o público saber dessa situação que, para mim, apresenta um lado ridículo e saibamos manter nossa dignidade. Ainda me ama? – ela prosseguiu, lançando ao coronel um olhar triste e suave. – Mas eu não fui autorizada a formar outros laços? Nessa estranha situação, uma voz secreta me diz para confiar em sua bondade, que conheço bem. Estarei enganada ao tomá-lo como único árbitro do meu destino? Seja ao mesmo tempo juiz e parte interessada. Confio na nobreza do seu caráter, terá a generosidade de me perdoar os resultados de faltas inocentes. Assim, confesso-lhe que amo o sr. Ferraud, me acreditei no direito de amá-lo. Não me envergonho de fazer essa confissão; se ela o ofende, não nos desonra de modo algum. Não posso lhe ocultar os fatos. Quando o acaso me deixou viúva, eu não era mãe.

O coronel fez um sinal com a mão à sua mulher para lhe impor silêncio, e eles ficaram sem proferir uma única palavra no percurso de meia légua. Chabert parecia ver as duas crianças diante dele.

– Rosine!

– Sim?

– Então, é um erro os mortos voltarem?

– Oh! Senhor, não, não! Não me julgue ingrata. Apenas encontra uma amante, uma mãe, onde havia deixado uma esposa. Se não está mais em meu poder amá-lo, sei tudo o que lhe devo e posso lhe oferecer ainda o carinho de uma filha.

– Rosine – retomou o velho com uma voz suave –, não tenho mais nenhum ressentimento contra você. Esqueceremos tudo – acrescentou com um daqueles sorrisos cuja graça é sempre o reflexo de uma bela alma. – Não sou indelicado para exigir fingimentos de amor numa mulher que não mais me ama.

A condessa lhe pôs um olhar marcado de tal gratidão, que o pobre Chabert quis estar de volta à sua cova de Eylau. Alguns homens têm uma alma bastante forte para devotamentos como esse, cuja recompensa, para eles, está na certeza de terem feito a felicidade de uma pessoa amada.

– Meu amigo, falaremos de tudo isso mais tarde e com o coração repousado – disse a condessa.

A conversa tomou outro curso, pois era impossível continuá-la por muito tempo nesse assunto. Embora os dois esposos voltassem com frequência à sua estranha situação, ou por alusões, ou de maneira séria, eles fizeram uma encantadora viagem, recordando os acontecimentos de sua união passada e as coisas do Império. A condessa soube imprimir um doce charme a essas lembranças, pondo na conversa um tom de melancolia necessário para manter-lhe a gravidade. Ela fazia reviver o amor sem excitar nenhum desejo e deixava entrever a seu primeiro marido todas as riquezas morais que adquirira, procurando acostumá-lo à ideia de restringir sua felicidade apenas aos prazeres que sente um pai junto a uma filha querida. O coronel conhecera a condessa do Império e revia uma condessa da Restauração. Finalmente, os dois esposos chegaram, por um atalho, a um grande parque situado no pequeno vale que separa as elevações de Margency do bonito vilarejo de Groslay. A condessa possuía ali uma deliciosa casa, onde o coronel viu, ao chegar, todos os preparativos necessários para sua estadia e a de sua mulher. A infelicidade é uma espécie de talismã cuja virtude consiste em corroborar nossa constituição primitiva: ela aumenta a desconfiança e a maldade em certos homens, assim como faz crescer a bondade dos que têm um coração excelente. O infortúnio havia tornado o coronel ainda mais prestativo e melhor do que fora; assim, ele podia se iniciar no segredo dos sofrimentos femininos que são desconhecidos para a maior parte dos homens. Todavia, apesar de sua pouca desconfiança, não pôde deixar de dizer à sua mulher:

– Estava certa, então, de me trazer até aqui?

– Sim – ela respondeu –, se reconhecesse o coronel Chabert no autor da demanda.

O ar de verdade que ela soube colocar nessa resposta dissipou as leves suspeitas que o coronel se envergonhou de ter concebido. Durante três dias, a condessa foi admirável junto ao primeiro marido. Por ternos cuidados e por uma doçura constante, parecia querer apagar a lembrança dos sofrimentos que ele havia suportado, fazendo-se perdoar das desgraças que, segundo suas confissões, ela inocentemente causara. Comprazia-se em mostrar a ele, ao mesmo tempo em que deixava perceber uma espécie de melancolia, os encantos aos quais o sabia sensível, pois somos mais particularmente tocados por certas maneiras, por graças de coração ou de espírito a que não resistimos; ela queria interressá-lo por sua própria situação e enternecê-lo o bastante para apoderar-se de seu espírito e dispor soberanamente dele. Decidida a tudo para chegar a seus fins, não sabia ainda o que devia fazer desse homem, mas com certeza queria aniquilá-lo socialmente. Na noite do terceiro dia, ela sentiu que, apesar de seus esforços, não podia ocultar a inquietação que lhe causava o resultado de suas manobras. Para estar um momento à vontade, subiu até seus aposentos, sentou-se junto à escrivaninha, depôs a máscara de tranquilidade que conservava diante do conde Chabert, como uma atriz que, voltando fatigada ao camarim após um quinto ato penoso, cai semimorta e deixa na sala uma imagem de si mesma à qual não mais se assemelha. Pôs-se a terminar uma carta iniciada que escrevia a Delbecq, a quem pedia que fosse, em seu nome, à casa de Derville examinar os documentos relativos ao coronel Chabert, que os copiasse e viesse em seguida encontrá-la em Groslay. No momento em que terminava, ouviu no corredor os passos do coronel que, muito inquieto, vinha procurá-la.

– Ai! – disse ela em voz alta. – Gostaria de estar morta. Minha situação é intolerável...

– Mas o que houve? – perguntou o pobre homem.

– Nada, nada – ela respondeu.

Levantou-se, deixou o coronel e desceu para falar, sem testemunhas, com a camareira, que ela fez partir para Paris com a recomendação de entregar pessoalmente a carta que acabava de escrever e trazê-la de volta assim que ele a tivesse lido. Depois, a condessa foi sentar-se num banco onde estaria bem visível para que o coronel viesse encontrá-la. Este, que já andava à sua procura, aproximou-se e sentou-se perto dela.

– Rosine – ele falou –, que há com você?

Ela não respondeu. Era um daqueles fins de tarde magníficos e calmos do mês de junho, cujas secretas harmonias espalham tanta suavidade no pôr do sol. O ar era puro e o silêncio profundo, e ao longe, no parque, podiam-se ouvir vozes de crianças que acrescentavam uma espécie de melodia ao sublime da paisagem.

– Não me responde? – perguntou o coronel à sua mulher.

– Meu marido... – disse a condessa, que se deteve e fez um movimento, para em seguida perguntar, corando: – Como devo dizer ao falar do sr. conde Ferraud?

– Chame-o seu marido, minha pobre criança – respondeu o coronel com um acento de bondade. – Não é ele o pai de seus filhos?

– Pois bem – ela continuou –, se meu marido me perguntar o que vim fazer aqui, se souber que estou encerrada com um desconhecido, que direi a ele? Escute, senhor – e adotou uma atitude cheia de dignidade –, decida minha sorte, estou resignada a tudo...

– Minha querida – disse o coronel tomando as mãos de sua mulher –, resolvi me sacrificar inteiramente à sua felicidade...

– Isso é impossível – ela exclamou, deixando escapar um gesto convulsivo. – Pense, então, que deveria renunciar a si mesmo e de um modo autêntico...

– Como! – disse o coronel. – Minha palavra não é suficiente?

O termo *autêntico* caiu no coração do velho e despertou desconfianças involuntárias. Ele dirigiu à mulher um olhar que a fez corar, ela baixou os olhos e ele teve medo de sentir-se obrigado a desprezá-la. A condessa temia assustar o selvagem pudor, a probidade severa de um homem cujo caráter generoso e as virtudes primitivas ela conhecia. Embora essas ideias espalhassem algumas nuvens em suas frontes, a boa harmonia logo se restabeleceu entre eles, no momento em que um grito de criança ressoou ao longe.

– Jules, deixe sua irmã em paz – gritou a condessa.

– Como! Seus filhos estão aqui? – disse o coronel.

– Sim, mas os proibi de importuná-lo.

O velho soldado compreendeu a delicadeza, o tato de mulher contido nesse procedimento tão gracioso e tomou a mão da condessa para beijá-la.

– Deixe que eles venham – ele disse.

A menina veio correndo para se queixar do irmão.

– Mamãe!

– Mamãe!

– Foi ele que...

– Foi ela...

As mãos estavam estendidas em direção à mãe, e as duas vozes infantis se misturavam. Foi um quadro repentino e delicioso!

– Pobres crianças! – exclamou a condessa, não retendo mais as lágrimas. – Terei que deixá-las. A quem o juiz as entregará? Não se divide um coração de mãe, e os quero para mim!

– É o senhor que faz minha mãe chorar? – disse Jules, lançando um olhar de cólera ao coronel.

– Cale-se, Jules – exclamou a mãe com uma voz imperiosa.

As duas crianças permaneceram de pé e em silêncio, examinando a mãe e o estranho com uma curiosidade que é impossível de exprimir em palavras.

– Oh! Sim – ela continuou –, se me separarem do conde, que me deixem as crianças, eu me submeterei a tudo...

Foi uma frase decisiva, que obteve todo o sucesso que ela esperava.

– Sim – disse o coronel, como se concluísse uma frase mentalmente iniciada –, devo voltar para debaixo da terra, já havia dito isso a mim mesmo.

– Posso aceitar tal sacrifício? – respondeu a condessa. – Se alguns homens morrem para salvar a honra da amada, eles dão sua vida somente uma vez. Mas aqui o senhor daria sua vida diariamente! Não, não, isso é impossível. Se se tratasse apenas de sua existência, não seria nada, mas assinar que o senhor não é o coronel Chabert, reconhecer que é um impostor, entregar sua honra, mentir a toda hora do dia, o devotamento humano não poderia chegar a esse ponto! Pense bem! Não. Se não fossem meus pobres filhos, eu já teria fugido com você até o fim do mundo...

– Mas será que não posso – disse Chabert – viver aqui, num anexo desta casa, como um de seus parentes? Sou como um canhão sem préstimo. Preciso apenas de um pouco de tabaco e da leitura do *Le Constitutionnel*.

A condessa se desfez em lágrimas. Houve entre a condessa Ferraud e o coronel Chabert um combate de generosidade do qual o soldado saiu vencedor.

Uma noite, ao ver essa mãe em meio a seus filhos, ele foi seduzido pela graça comovedora de um quadro de família, no campo, na sombra e no silêncio; tomou a resolução de permanecer morto e, não se importando mais com a autenticidade de uma certidão, perguntou o que devia fazer para assegurar irrevogavelmente a felicidade dessa família.

– Faça como quiser! – respondeu-lhe a condessa. – Declaro que não me envolverei em nada nessa questão, não devo fazer isso.

Delbecq chegara havia alguns dias e, seguindo as instruções verbais da condessa, soubera ganhar a confiança do velho militar. No dia seguinte, portanto, o coronel Chabert partiu com o ex-advogado para Saint-Leu-Taverny, onde Delbecq fizera preparar num cartório uma certidão concebida em termos tão crus, que o coronel saiu bruscamente da sala após ouvir sua leitura.

– Com mil diabos! Eu seria um traste e ainda por cima um falsário – ele exclamou.

– Senhor – disse-lhe Delbecq –, não o aconselho a assinar precipitadamente. Em seu lugar, eu tiraria pelo menos trinta mil libras de renda desse processo, pois a senhora os daria.

Depois de fulminar esse emérito patife com o luminoso olhar de um homem honesto indignado, o coronel se afastou, tomado por mil sentimentos contrários. Voltou a ficar desconfiado, indignou-se, acalmou-se sucessivamente. Por fim, entrou no parque de Groslay pela brecha de um muro e veio a passos lentos repousar e refletir em paz num quiosque de onde se avistava a estrada de Saint-Leu. Como a alameda era coberta por uma espécie de terra amarelada que substitui o cascalho de rio, a condessa, sentada ali perto, numa espécie de pavilhão, não ouviu o coronel, pois estava muito preocupada com o sucesso do caso para prestar atenção ao ruído ligeiro que o marido fez. O velho soldado também não percebeu a mulher nesse pavilhão.

– E então, sr. Delbecq, ele assinou? – perguntou a condessa ao intendente, quando o viu, sobre a sebe de um valado, chegar sozinho pela estrada.

– Não, senhora. Não sei mesmo o que foi feito do nosso homem. O velho cavalo empinou-se.

– O jeito então será encerrá-lo em Charenton – disse ela –, já que o temos na mão.

Reencontrando a elasticidade da juventude para saltar o valado, o coronel, num piscar de olhos, apareceu diante do intendente, no qual aplicou o mais belo par de bofetadas que as faces de um procurador já receberam.

– Acrescente que os velhos cavalos sabem dar coices – falou.

Passada essa cólera, o coronel não sentiu mais a força para saltar de novo o valado. A verdade se mostrara em sua nudez. A frase da condessa e a resposta de Delbecq haviam revelado o complô do qual ele seria a vítima. As atenções que lhe deram haviam sido uma isca para pegá-lo na armadilha. Aquelas palavras foram como a gota de um veneno sutil que fez o velho soldado sentir novamente suas dores físicas e morais. Ele retornou ao quiosque pela entrada do parque, caminhando lentamente, como um homem abatido. Assim, nem paz, nem trégua para ele! A partir desse momento, era preciso começar com sua mulher a guerra odiosa de que lhe falara Derville, entrar numa vida de processo, alimentar-se de fel, beber toda manhã um cálice de amargura. E, o que era mais terrível, onde encontrar o dinheiro necessário para pagar as custas das primeiras instâncias? Ele sentiu um desgosto tão grande pela vida que, se houvesse um lago por perto, teria se afogado nele, se houvesse uma pistola, teria arrebentado os miolos. Depois, recaiu na incerteza de ideias que, desde sua conversa com Derville na casa do leiteiro, lhe havia mudado o moral. Aproximando-se enfim do quiosque, subiu até a salinha no alto do pavilhão, cujas janelas envidraçadas ofereciam belos panoramas do vale e onde encontrou sua mulher sentada numa cadeira. A condessa olhava a paisagem e mantinha uma postura calma, mostrando aquela impenetrável fisionomia que sabem tomar as mulheres determinadas a tudo. Ela enxugou as lágrimas como se tivesse chorado e, num gesto distraído, ficou brincando com uma longa fita cor-de-rosa de seu vestido. Mas, apesar dessa aparente segurança, não pôde deixar de estremecer ao ver diante dela seu venerável benfeitor, de pé, com os braços cruzados, o rosto pálido, a fronte severa.

– Senhora – disse ele, depois de tê-la olhado fixamente por um momento e de tê-la obrigado a corar –, eu não a amaldiçoo, eu a desprezo. Agora agradeço o acaso que nos desuniu. Não sinto sequer um desejo de vingança, não mais a amo. Não quero nada de sua pessoa. Viva tranquila confiando na minha palavra, ela vale mais do que as garatujas de todos os notários de Paris. Nunca reivindicarei o nome que talvez ilustrei. Não sou mais que um pobre-diabo chamado Hyacinthe, que pede apenas seu lugar ao sol. Adeus...

A condessa lançou-se aos pés do coronel e quis retê-lo, tomando-lhe as mãos, mas ele a repeliu com desgosto, dizendo:

– Não me toque.

A condessa fez um gesto intraduzível quando ouviu os passos do marido que se afastava. Depois, com a profunda perspicácia própria de uma grande perversidade ou do feroz egoísmo social, acreditou poder viver em paz com a promessa e o desprezo desse leal soldado.

Chabert desapareceu, de fato. O leiteiro faliu e tornou-se cocheiro de cabriolé. É possível que o coronel tenha se dedicado inicialmente a algum ofício do mesmo gênero. É possível que, como uma pedra lançada num abismo, tenha se afundado progressivamente na lama dos destroços que se multiplicam nas ruas de Paris.

Seis meses depois desse acontecimento, Derville, que não ouvira mais falar nem do coronel Chabert nem da condessa Ferraud, pensou que certamente ocorrera entre eles uma transação que a condessa, por vingança, fizera estabelecer num outro escritório. Assim, numa manhã, calculou as quantias adiantadas ao dito Chabert, acrescentou as custas e pediu à condessa Ferraud para reclamar do conde Chabert o montante dessa conta, presumindo que ela sabia onde se achava o primeiro marido.

Já no dia seguinte, o intendente do conde Ferraud, recentemente nomeado presidente do tribunal de primeira instância numa cidade importante, escreveu a Derville estas palavras desoladoras:

"Senhor.

A sra. condessa me encarrega de avisá-lo que seu cliente abusou completamente de sua confiança e que o indivíduo que dizia ser o conde Chabert reconheceu ter assumido indevidamente falsas qualidades.

Aceite etc.

Delbecq."

– Palavra de honra, há pessoas que são burras demais. Roubaram o batismo – exclamou Derville. – Seja humano, generoso, filantropo e advogado, e estará arruinado! Eis aí um caso que me custa mais de duas notas de mil francos.

Algum tempo depois de receber essa carta, Derville procurava no tribunal um advogado com quem queria falar e que se ocupava de casos da polícia correcional. O acaso quis que Derville entrasse na sexta vara no momento em que o presidente condenava como vagabundo um certo Hyacinthe a dois meses de prisão, ordenando que ele fosse a seguir conduzido a um asilo de mendicidade de Saint-Denis, sentença que, segundo a jurisprudência dos delegados de polícia, equivale a uma detenção perpétua. Ao ouvir o nome Hyacinthe, Derville olhou para o delinquente sentado entre dois gendarmes no banco dos réus. E reconheceu, na pessoa do condenado, seu falso coronel Chabert. O velho soldado estava calmo, imóvel, quase distraído. Apesar dos farrapos, apesar da miséria estampada na fisionomia, esta mostrava uma nobre altivez. Seu olhar tinha uma expressão de estoicismo que um magistrado não podia deixar de reconhecer; porém, tão logo um homem cai nas mãos da justiça, ele não é mais que um ser moral, uma questão de direito ou de fato, assim como aos olhos dos estatísticos não é mais do que um número. Quando o soldado foi reconduzido à sala de espera para ser levado mais tarde com outros vagabundos que eram julgados naquele momento, Derville usou o direito que têm os advogados de entrar em toda parte no tribunal, o acompanhou à sala de espera e ali o contemplou por alguns instantes, bem como aos curiosos mendigos entre os quais se encontrava. Essa antecâmara oferecia então um espetáculo que nem os legisladores, nem os filantropos, nem os pintores, nem os escritores vêm estudar. Como todos os laboratórios da chicana, essa antecâmara é uma peça escura e malcheirosa, cujas paredes são guarnecidas de um banco de madeira enegrecida pela passagem perpétua dos infelizes que comparecem a esse encontro de todas as misérias sociais e ao qual nenhum deles falta. Um poeta diria que a luz tem vergonha de iluminar esse terrível esgoto pelo qual passam tantos infortúnios! Não há um único lugar onde não se tenha sentado algum crime em germe ou consumado, um único lugar onde não tenha estado um homem que, desesperado pelo estigma com que a justiça marcou sua primeira falta, não começou uma existência no fim da qual o esperava a guilhotina ou o disparo da pistola do suicida. Todos os que caem nas ruas de Paris são lançados de encontro a essas paredes amareladas, nas quais um filantropo que não fosse um especulador poderia decifrar a justificação dos numerosos suicídios de que se queixam escritores hipócritas, incapazes de dar um passo para evitá-los, e que se acha escrita nessa antecâmara, espécie de prefácio aos dramas da Morgue ou da Place de Grève*. O coronel Chabert sentou-se no meio daqueles homens de faces enérgicas, vestidos com os horríveis trajes da miséria, às vezes silenciosos ou conversando em voz baixa, pois três gendarmes de sentinela andavam de um lado a outro, fazendo ressoar seus sabres no chão.

– O senhor me reconhece? – disse Derville ao velho soldado, colocando-se diante dele.

– Sim – respondeu Chabert, levantando-se.

– Se é um homem honesto – continuou Derville em voz baixa –, como pôde ficar meu devedor?

O velho soldado corou como teria corado uma moça acusada pela mãe de um amor clandestino.

– Como! A sra. Ferraud não lhe pagou? – ele exclamou em voz alta.

– Pagar! – disse Derville. – Ela apenas me escreveu dizendo que o senhor era um intrigante.

O coronel levantou os olhos num sublime movimento de horror e de imprecação, como para fazer o céu testemunhar esse novo embuste.

* Local em Paris onde ocorriam as execuções dos condenados. (N.T.)

– Senhor – ele disse com uma voz que, de tão alterada, era calma –, obtenha dos gendarmes o favor de me deixar entrar na sala de arquivo, assinarei uma ordem que será certamente paga.

A uma palavra dita por Derville ao cabo, permitiram-lhe levar seu cliente até o arquivo, onde Hyacinthe escreveu algumas linhas endereçadas à condessa Ferraud.

– Envie isso à casa dela – disse o soldado – e será reembolsado por suas custas e seus adiantamentos. Acredite, senhor, se não mostrei a gratidão que lhe devo por seus bons ofícios, mesmo assim ela está aqui – e ele pôs a mão sobre o coração. – Sim, está aqui, plena e inteira. Mas o que podem os infelizes? Eles amam, nada mais.

– Mas não estipulou uma renda para si mesmo? – perguntou-lhe Derville.

– Não me fale disso! – respondeu o velho militar. – Não pode imaginar até onde vai meu desprezo por essa vida exterior à qual se apega a maioria dos homens. Fui subitamente acometido de uma doença, o desgosto pela humanidade. Quando penso que Napoleão está em Santa Helena, tudo neste mundo me é indiferente. Não posso mais ser soldado. Essa é toda a minha desgraça. Enfim – acrescentou, fazendo um gesto cheio de infantilidade –, mais vale ter luxo nos sentimentos do que nas roupas. Não temo, eu, o desprezo de ninguém.

E o coronel dirigiu-se de volta a seu banco. Derville saiu. Quando voltou a seu escritório, enviou Godeschal, então segundo-escrivão, à casa da condessa Ferraud que, à leitura do bilhete, mandou imediatamente pagar a quantia devida ao advogado do conde Chabert.

Em 1840, no final do mês de junho, Godeschal, então advogado, dirigia-se à cidade de Ris em companhia de Derville, seu predecessor. Quando chegaram à avenida que conduz à estrada para Bicêtre, eles viram, sob um dos olmos do caminho, um desses pobres velhos encanecidos e alquebrados que obtiveram o bastão de marechal dos mendigos, vivendo em Bicêtre como as mulheres indigentes vivem na Salpêtrière.

Esse homem, um dos dois mil infelizes alojados no *Asilo da velhice*, estava sentado numa pedra e parecia concentrar toda a sua inteligência numa operação bem conhecida dos inválidos, que consiste em fazer secar ao sol o tabaco de seus lenços, talvez para não precisar lavá-los. Esse velho tinha uma fisionomia atraente. Estava vestido com o camisolão de pano avermelhado que o asilo concede a seus hóspedes, uma espécie de horrível libré.

– Veja, Derville – disse Godeschal ao companheiro –, veja aquele velho. Não se parece com essas figuras grotescas que nos vêm da Alemanha? E aquilo vive e talvez esteja feliz!

Derville pegou sua luneta, olhou o pobre, teve um gesto de surpresa e disse:

– Aquele velho, meu caro, é todo um poema, ou, como dizem os românticos, um drama. Você encontra de vez em quando a condessa Ferraud?

– Sim, é uma mulher inteligente e muito agradável, mas um pouco devota demais – disse Godeschal.

– Pois esse velho de asilo é seu marido legítimo, o conde Chabert, o antigo coronel; certamente foi ela que o pôs ali. Se vive nesse asilo e não numa mansão, é unicamente por ter lembrado à bela condessa Ferraud que ele a tomou na rua, como se toma um fiacre. Ainda lembro bem o olhar de tigre que ela lhe lançou naquele momento.

Como esse começo despertou a curiosidade de Godeschal, Derville contou-lhe a história que precede. Dois dias depois, numa segunda-feira de manhã, de volta a Paris, os dois amigos dirigiram um olhar a Bicêtre, e Derville propôs que fossem ver o coronel Chabert. Na metade do caminho da avenida, eles encontraram, sentado no tronco de uma árvore abatida, o velho que segurava um bastão e que se distraía traçando riscos na areia. Ao observá-lo atentamente, perceberam que devia ter feito o desjejum num outro local que não o asilo.

– Bom dia, coronel Chabert – disse-lhe Derville.

– Chabert não, Chabert não! Eu me chamo Hyacinthe – respondeu o velho. – Não sou mais um homem, sou o número

164, sétima sala – acrescentou, olhando para Derville com uma ansiedade medrosa, com um temor de velho e de criança.

– Vieram ver o condenado à morte? – ele falou após um silêncio. – Esse não é casado e está muito feliz.

– Pobre homem – disse Godeschal. – Quer dinheiro para comprar tabaco?

Com a ingenuidade de um menino de rua de Paris, o coronel estendeu avidamente a mão a cada um dos dois desconhecidos, que lhe deram uma moeda de vinte francos. Ele agradeceu com um olhar estúpido, dizendo:

– Bravos soldados! – pôs-se em posição de sentido, fingiu apontar-lhes a arma e exclamou, sorrindo: – Fogo com as duas peças! Viva Napoleão! – e descreveu no ar, com seu bastão, um arabesco imaginário.

– O abalo que sofreu o deixou caduco! – disse Derville.

– Ele, caduco? – exclamou um outro velho do asilo que os observava. – Tem dias que é perigoso insultá-lo. É um velho astuto cheio de filosofia e de imaginação. Mas hoje o que querem? Ele prolongou a folga do domingo. Senhor, em 1820 ele já estava aqui. Naquela ocasião, um oficial prussiano, cuja carruagem subia a encosta de Villejuif, passou por aqui a pé. Estávamos, Hyacinthe e eu, à beira da estrada. Enquanto andava, esse oficial conversava com um outro, um russo ou um animal da mesma espécie, quando, ao ver o velho, o prussiano, a fim de fazer um gracejo, lhe disse:

– Eis aí um velho fuzileiro que deve ter estado em Rosbach.

– Eu era muito jovem para estar lá – ele respondeu –, mas já tinha bastante idade para estar em Iena.

E o prussiano se afastou sem fazer mais perguntas*.

– Que destino! – exclamou Derville. – Saído do *Asilo das crianças abandonadas*, ele retorna para morrer no *Asilo da velhice*, depois de ter, no intervalo, ajudado Napoleão a conquistar o Egito e a Europa. Sabe, meu caro – disse Derville após uma pausa –, que há em nossa sociedade três homens, o

* As tropas francesas foram vencidas pelo rei da Prússia em Rosbach (1757) e triunfaram em Iena (1806). (N.T.)

padre, o médico e o homem da justiça, que não podem estimar o mundo? Eles se vestem de preto, talvez, porque portam o luto de todas as virtudes, de todas as ilusões. O mais infeliz dos três é o advogado. Quando o homem vem procurar o padre, ele é movido pelo arrependimento, pelo remorso, por crenças que o tornam interessante, que o engrandecem e consolam a alma do mediador, cuja tarefa não deixa de ter uma espécie de satisfação: ele purifica, repara e reconcilia. Mas nós, advogados, vemos repetirem-se os mesmos sentimentos maus, nada os corrige, nossos escritórios são esgotos que não se pode limpar. Quantas coisas aprendi exercendo minha profissão! Vi um pai morrer num celeiro, sem um vintém, abandonado por duas filhas a quem dera quarenta mil libras de renda*! Vi queimarem testamentos, vi mães despojando os filhos, maridos roubando suas mulheres, mulheres matando os maridos servindo-se do amor que lhes inspiravam para torná-los loucos ou imbecis, a fim de viverem em paz com um amante. Vi mulheres dando ao filho do matrimônio coisas que haveriam de causar sua morte a fim de enriquecerem o filho do amor. Não lhe posso dizer tudo o que vi, pois vi crimes contra os quais a justiça é impotente. Enfim, todos os horrores que os romancistas acreditam inventar estão sempre abaixo da verdade. Você, agora, vai conhecer todas essas belas coisas; quanto a mim, vou viver no campo com minha mulher. Paris me causa horror.

– Já vi muita coisa no escritório de Desroches – respondeu Godeschal.

Paris, fevereiro-março de 1832

* Balzac aqui se refere ao final de *O pai Goriot*. (N.T.)

lepmeditores

www.lpm.com.br
o site que conta tudo

IMPRESSÃO:

PALLOTTI
GRÁFICA

Santa Maria - RS | Fone: (55) 3220.4500
www.graficapallotti.com.br